SORCIÈRE À LOUER

L'AGENCE D'INTÉRIM PARANORMALE
TOME 1

MOLLY FITZ

Minou Mystérieux
PO Box 873543
Wasilla, AK 99687

AU SUJET DE CE LIVRE

Je m'appelle Tawny Bigford. J'ai 35 ans, je suis célibataire et j'aime les douches brûlantes. Sérieusement, tout ce que je voulais, c'était une douche chaude pour bien commencer ma journée, mais quand je suis allée discuter avec ma propriétaire au sujet de la plomberie défectueuse, je me suis retrouvée à parler à son cadavre à la place.

Maintenant, tout le monde pense que je suis responsable de son meurtre… ce n'est pas la meilleure façon d'impressionner les nouveaux voisins, je peux vous le dire. Mais comment prouver mon innocence alors que je ne sais pratiquement rien concernant la femme que j'ai prétendument tuée ?

Notamment le fait qu'elle était la sorcière communale officielle de Beech Grove. Son ancien patron – un chat méprisant du nom de M. Grosmatou – dit que je dois la remplacer jusqu'à ce que son véritable meurtrier soit retrouvé et conduit devant la justice.

Ainsi, que ça me plaise ou pas, je viens de me faire recruter par la *Paranormal Temp Agency*. Je dois désormais résoudre le meurtre de ma propriétaire, découvrir comment manier mes nouveaux pouvoirs, et peut-être même trouver un moyen de m'intégrer ici.

Oui, une journée ordinaire pour la sorcière novice que je suis.

REMARQUE DE L'AUTRICE

Bonjour, merci d'avoir choisi ce livre ! Si vous aimez autant que moi les *cozy mysteries* qui font rire, nous allons bien nous entendre.

Pour commencer, j'aimerais vous inviter sur ma page Facebook dédiée exclusivement à mon lectorat francophone. Vous pouvez le faire ici :

facebook.com/lapilealire

Et vous pouvez également vous inscrire à ma newsletter pour recevoir un cadeau numérique gratuit comprenant une histoire exclusive au sujet d'Octo-Chat que je réserve à mes abonnés:

minoumystérieux.com/abonnez

Nous allons bien nous amuser ensemble. Tout commence en tournant la première page...

On se revoit de l'autre côté,

MOLLY

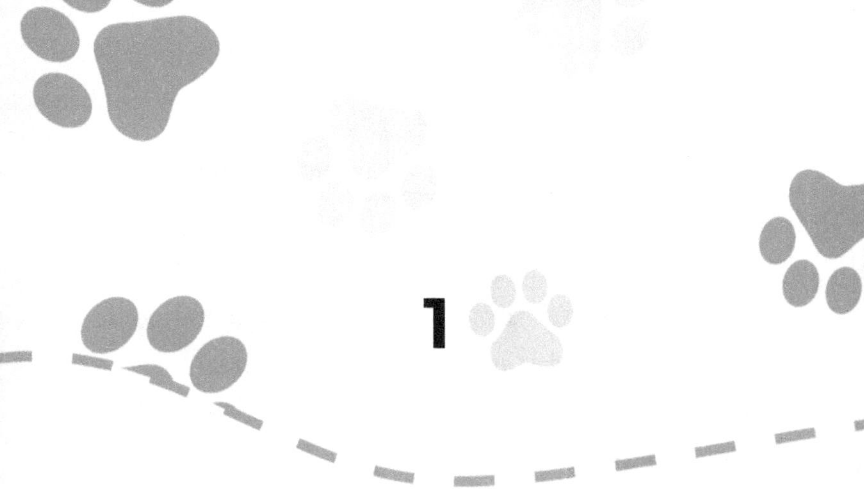

1

Aaaaaaaaaah! hurlai-je à pleins poumons tout en m'écartant de la cascade glaçante qui se déversait de l'antique pommeau.

En temps normal, j'adorais commencer la matinée par une longue douche bouillante, pendant laquelle mes pensées rebondissaient dans ma tête et finissaient par s'entrechoquer et fusionner pour devenir une sorte de plan pour la journée. Cependant, depuis que j'avais emménagé à Beech Grove quelques semaines plus tôt, j'avais de la chance si j'obtenais cinq minutes de chaleur, tout au plus, avant que le chauffe-eau ne rende l'âme et qu'un liquide réfrigérant impitoyable ne gâche ma bonne humeur.

— Ça suffit ! criai-je en refermant le robinet.

Ma propriétaire allait m'entendre aujourd'hui, que ça lui plaise ou non.

Madame Haberdash m'avait donné des consignes très précises quand j'avais signé le bail de cette petite dépendance située au fond de son terrain. Bien qu'elle vive dans la demeure principale, en haut de la colline et à une courte distance à pied, j'avais interdiction de lui rendre visite là-bas. Tout ce que j'avais à lui dire pouvait s'expliquer par téléphone ou, mieux encore d'après *ses* critères, à l'ancienne, par courrier.

Merci, mais non merci.

J'avais tenté d'employer sa méthode, mais jusqu'à présent, tous mes appels à l'aide à propos de la plomberie étaient tombés dans l'oreille d'une sourde, et malheureusement pour elle, une mauvaise douche me rendait mauvaise. J'avais essayé de suivre ses règles, en vain. Il était temps de jouer selon les miennes.

Toujours dégoulinante, je rassemblai en chignon mes cheveux encore couverts de shampoing, j'enfilai une robe droite et des tongs, et, enfin, je sortis affronter ma propriétaire indifférente.

Je pense que c'est le bon moment pour me présenter.

Je m'appelle Tawny, Tawny Bigford. Tawny est le diminutif de *Tanya*, un prénom que je déteste depuis que Tanya Mills a glissé un chewing-gum mâchouillé dans mes cheveux en CE1, pendant notre devoir d'orthographe. Donc je réponds à présent au nom de Tawny.

J'ai trente-cinq ans, j'adore prendre des douches – comme vous le savez désormais – et je suis une femme célibataire, heureuse et fière de l'être.

D'accord, j'ai déjà été mariée. Il s'appelait George. Mais après quelques années de mariage, il a décrété qu'il formerait un plus beau couple avec Patricia, une membre des PTA, l'association des parents d'élèves.

L'association des parents d'élèves, sérieux !

D'après la légende, ils se sont percutés un jour devant l'école maternelle du coin, et ce fut l'amour au premier regard. Je n'ai jamais compris ce que George faisait là un après-midi. Après tout, nous n'avions pas d'enfants et il n'avait aucune raison de se trouver pile au mauvais endroit au mauvais moment.

Et pourtant, c'était arrivé, et cela avait changé nos vies dans la foulée.

Franchement, j'aurais préféré qu'il faute avec sa secrétaire plus jeune et plus jolie. Au moins, j'aurais pu me plaindre du cliché.

Mais Patricia, de deux ans son aînée, et lui partageaient un bonheur écœurant. La plupart du temps, je faisais comme si ni lui ni elle n'existaient.

D'accord, j'ai peut-être l'air *un tantinet* amère. Et je vis dans une maison de location. Cela dit, les douches décevantes mises à part, j'adore ma vie. En gros, j'écris deux livres par an, je les file à mon éditrice contre un chèque, et je fais ce que je veux du reste de mon temps libre.

Oui, je pourrais me lancer dans d'autres bouquins, mais pourquoi? Je suis parfaitement satisfaite de ma vie frugale, parce que je suis libre. Et ainsi, j'ai bien plus de passe-temps qu'une personne ne devrait sans doute en avoir.

Mais je digresse...

Ce n'était pas le moment de discuter de mes loisirs; c'était celui de confronter madame Haberdash et d'exiger un approvisionnement en eau chaude durant plus de cinq minutes par jour. C'était un besoin de base, après tout.

Sur le pas de sa porte, je pris une grande inspiration pour tempérer ma rage, je levai la main et je frappai gentiment.

Non, je rigole. Je cognai le battant avec toute la force de mon courroux.

Comme personne ne répondit, je me mis à crier.

— Je sais que vous êtes là ! Il faut qu'on parle !

Toujours rien. Je tentai ma chance avec la poignée et découvris, surprise, que la porte n'était pas fermée à clé. C'était étonnant, vu l'importance que cette femme attachait à son intimité.

J'écartai le battant et j'entrai à grands pas, prête à dire le fond de ma pensée à madame Haberdash.

Malheureusement, emplie de cette colère vertueuse, je n'avais pas regardé où je marchais. Je ne pensais pas cela nécessaire, et pourtant, quelque chose de grand et d'imposant était allongé sur le sol, juste derrière le seuil, et je me pris les pieds dedans, perdis l'équilibre et m'écroulai au sol dans un étrange enchevêtrement de membres.

Pas seulement les miens, d'ailleurs. Ceux de ma propriétaire aussi. *Oh oh.* Mon ventre se souleva en même temps que la prise de conscience s'imposait à moi.

— Ma... Ma... Madame Haberdash ? demandai-je d'une voix tremblante alors que je contemplais la vieille dame étendue sur le sol de l'entrée.

Sa bouche ne s'ouvrit pas, ses yeux ne se refermèrent pas, et son corps resta aussi froid que la douche de laquelle je venais de m'échapper.

Oui, elle était morte, et grâce à ma maladresse, je venais d'étaler mon ADN partout sur son cadavre.

Non, non, non! J'aurais voulu crier, mais rien ne vint.

Moi qui pensais qu'une douche froide était le pire moyen d'entamer une journée. Quand apprendrais-je à me contenter de ce que j'avais?

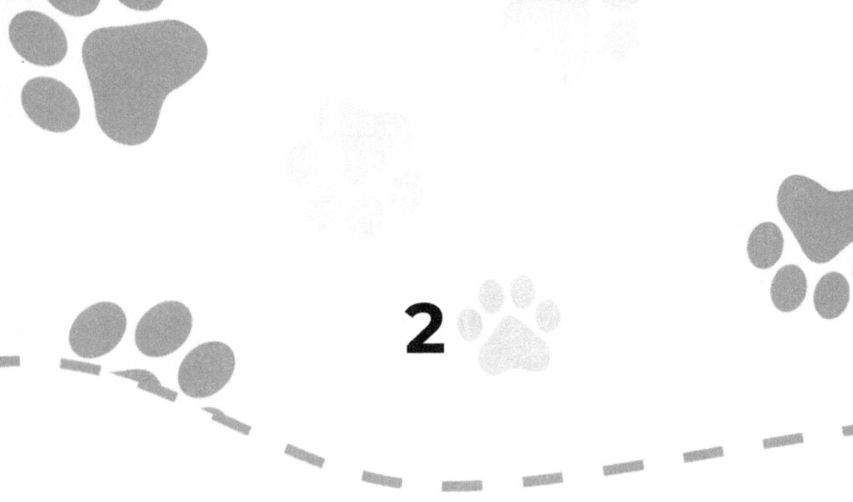

2

Je crapahutai loin du corps de ma propriétaire, qui gisait face contre terre, dans un étrange mouvement de crabe à cause duquel les muscles de mes bras, trop peu sollicités, se tordirent douloureusement – j'avais beau avoir des tas de loisirs, aucun d'eux n'était lié à du sport de près ou de loin.

— Pas de problème pour la plomberie, balbutiai-je, même si madame Haberdash ne pouvait plus m'entendre ni y changer quoi que ce soit à présent. Je vais juste... oui. À plus, alors.

À l'aide de la rampe en bas de son grand escalier, je me relevai, mais avant que je ne parvienne à retrouver totalement l'équilibre, une nouvelle chose horrible se produisit.

Les forces de l'ordre arrivèrent.

— Que se passe-t-il ici ? lança un homme de haute stature doté de cheveux poivre et sel épais et d'une petite barbe.

Il nous regarda tour à tour, madame Haberdash et moi, puis attrapa la radio accrochée à sa ceinture et...

— Stop ! m'écriai-je, sans trop savoir quoi faire de mes mains.

Au final, je me servis des deux pour agripper la rambarde, afin de paraître peu menaçante.

L'officier de police baissa sa radio et me regarda avec scepticisme.

— Qu'est-ce qui se passe ici ? répéta-t-il en me fixant dans les yeux.

Ils étaient gris pâle, le genre de couleur dont je gratifierais l'un de mes personnages pour montrer au lecteur qu'il était séduisant. Et il l'était, même si j'avais malheureusement plus urgent à régler à l'heure actuelle.

J'avais l'air très coupable, impossible de le nier. Je n'aurais même pas été surprise que l'officier Jolis Yeux me plaque contre un mur et me lise mes droits dans la foulée. *Cerveau, arrête de flipper !*

Je devais arrêter de penser à ce qui pouvait arriver et veiller à rester calme et composée tout en expliquant comment je m'étais retrouvée seule en compagnie d'un cadavre.

— Bon, je... Je...

Je cherchai mes mots, je soupirai, je retentai ma chance.

— Je veux dire... madame Haberdash est morte, donc...

Sérieux, Tawny! Si tu n'es pas capable de te servir de tes superpouvoirs d'écrivaine pour expliquer quelque chose que tu n'as pas fait, quel intérêt d'en posséder?

Je le dévisageai d'un air gêné, attendant soit qu'il m'arrête, soit qu'il me dise de partir. Les chances d'un entre-deux étaient minces, à mon avis. Enfin, à sa place, je me serais arrêtée moi-même.

— Oui, morte. Je vois ça, répliqua-t-il en jetant un coup d'œil au corps étalé, avant de reporter son attention sur moi.

Un éclair me traversa, mais je ne parvins pas à déterminer s'il s'agissait d'excitation, de peur, ou de quelque chose de très différent.

— Pourquoi l'avez-vous tuée? insista-t-il.

Il me transperça du regard, comme s'il tentait de lire directement la vérité dans mes pensées.

— Je n'ai rien fait!

Je tapai du pied pour la forme. Peut-être que mon corps pouvait s'exprimer plus efficacement que moi.

— Je prenais ma douche ce matin…

Il haussa un sourcil d'un air suggestif, et le feu me monta aux joues. Pourquoi fallait-il qu'il soit si séduisant? Cela empirait encore cette situation. J'avais beau avoir toujours eu du talent pour écrire des échanges taquins, j'étais moins douée pour ça dans la vraie vie. En plus, flirter ne pouvait pas m'aider à me sortir de cette situation.

— Non, je ne voulais pas dire ça. Enfin, si, je voulais parler de l'eau chaude, me repris-je, puis je paniquai en le voyant à nouveau poser la main sur sa ceinture. Attendez! Je ne l'ai pas tuée! Comment pouvez-vous croire ça?

Il croisa les bras et me toisa.

— Comment je peux croire ça? Facile. Je ne vous ai jamais vue avant aujourd'hui, et tout à coup, vous vous pointez sur la scène d'un meurtre.

Je poussai une exclamation horrifiée.

— D'un meurtre? Non, elle n'a pas été tuée. Enfin, pas par moi. Et d'ailleurs, pourquoi vous pensez à un acte criminel? Vous êtes là depuis cinq secondes à peine et vous l'avez à peine regardée. Vous ne devriez pas mener l'enquête d'abord ou un truc du genre?

Argh. Moi et ma grande gueule!

D'abord, je n'arrivais pas à prouver mon innocence, et à présent, je l'accusais de ne pas faire son boulot correctement. Même si j'avais écrit sur un ou deux personnages policiers dans mes livres, ça ne faisait pas de moi une experte, loin de là.

Il secoua la tête en grognant.

— Oui, et oui, je vais enquêter, dès que j'aurai fini d'interroger la suspecte.

Je reculai jusqu'au mur.

— Bon, monsieur l'agent rapide de la gâchette, madame Haberdash est ma propriétaire. J'étais venue déposer une plainte. Une toute petite. Rien qui me pousserait à tuer quelqu'un.

J'ajoutai un rire nerveux, comme le faisaient les gens quand le sujet était littéralement *mortellement* sérieux.

— Elle était comme ça quand je suis arrivée, ajoutai-je après coup.

— On dirait qu'elle est là depuis un moment, répliqua-t-il en reniflant de dédain.

— Je ne suis au courant de rien. Tout ce que je voulais, c'était de l'eau chaude pour ma douche matinale. Rien de plus.

Rassemblant mes forces, je m'écartai du mur et contournai prudemment cette pauvre madame Haberdash dans un ultime effort pour m'en aller d'ici.

Le policier me scruta du regard, un petit sourire aux lèvres.

— Attendez, lança-t-il, me coupant dans mon élan alors qu'un voile d'horreur m'enveloppait à nouveau. Vous allez devoir m'accompagner.

Nooooooooon !

3

L'agent rapide de la gâchette ne me laissa pas le temps de protester. Comme j'hésitais à le suivre jusqu'à sa voiture de patrouille, il sortit une paire de menottes de sa ceinture et les agita sous mon nez.

— Vous préférez que je fasse faire un peu d'exercice à ces beautés ?

Ma motivation en fut accrue et je me livrai à la marche sportive pour traverser le gazon abîmé de ma propriétaire morte, avant d'ouvrir moi-même la portière passager de la voiture.

Le policier me lança un regard étrange, auquel je répondis d'un haussement d'épaules.

— Si je ne suis pas en état d'arrestation, hors de question que je voyage à l'arrière. J'ai vécu dans suffisamment de petites villes pour savoir que les rumeurs se propagent vite et loin.

Puisque les choses ne pouvaient plus trop empirer à ce stade, je devais me battre pour les dernières bribes de ma dignité. C'était déjà l'embarras dû au comportement de mon ex-mari qui m'avait virée de mon ancienne ville.

Depuis, j'avais vécu dans deux autres petites bourgades, sans m'y sentir chez moi. J'avais espéré que Beech Grove m'offre enfin l'occasion de planter mes racines, mais tout était sans doute gâché à présent. Malgré tout, autant que le temps qu'il me restait ici soit le plus agréable possible.

Je jetai un dernier regard à la grande maison sombre de madame Haberdash. Elle ressemblait à un lieu typique pour commettre des meurtres. Pourquoi ne m'en étais-je pas rendu compte plus tôt?

Le policier claqua sa portière, mit sa clé dans le contact et rigola alors que le moteur démarrait.

— Alors comme ça, vous êtes nouvelle ici.

J'opinai.

— Je présume que vous, non.

— Je suis né et j'ai grandi à Beech Grove, admit-il en rougissant un peu. Je n'ai connu que ça. Ce que je ne connais pas en revanche, c'est votre nom. Vous ne m'avez toujours pas donné cette info.

Il sourit tout en manœuvrant sa voiture de patrouille avec moi à l'intérieur. J'aurais pu l'apprécier, en d'autres circonstances, mais à présent, il resterait à jamais le gars qui m'avait interpellée pour meurtre.

Je masquai mon malaise sous un rire sarcastique.

— Difficile de se présenter soi-même lorsque notre compère brandit des accusations de meurtre comme il agiterait des banderoles pour Mardi gras.

— Se présenter soi-même ? *Une nana intelligente.* Vous êtes une nouvelle enseignante de l'Académie ?

Nous étions déjà sortis de l'allée et roulions en trombe sur la route de campagne défoncée. Il me jeta un bref coup d'œil, comme pour m'évaluer.

— De quelle académie ?

Nous étions à au moins une heure de route de ce qui se rapprochait le plus d'une grande ville. Ça me paraissait être un endroit étrange pour y installer un établissement d'enseignement distingué.

Mon chauffeur fronça les sourcils, mais ne précisa pas sa pensée.

— Et si on reprenait à zéro ? Bonjour, je m'appelle Parker Barnes. Enchanté.

Je gardai les yeux fermement rivés sur la route et je hochai la tête.

— Et vous ? insista-t-il après plusieurs instants de silence.

— Tawny, répondis-je, même si je n'en avais pas vraiment envie.

— *Voilà*. Ce n'était pas si dur, si ?

Je secouai la tête et je lâchai un soupir douloureux.

— Je préférerais éviter de papoter avec un type qui pense que j'ai tué ma propriétaire. On va en finir avec cet interrogatoire, puis chacun reprendra sa route de son côté, d'accord ?

— Très juste, madame. Heureusement pour vous, on est bientôt arrivé.

La voiture s'immobilisa dans une secousse. Je fus sidérée par la brièveté du trajet.

J'écarquillai les yeux en avisant le tentaculaire bâtiment en brique devant nous. Ce n'était pas qu'un bâtiment, d'ailleurs, c'était tout un complexe. Et il ne ressemblait pas du tout à un commissariat de police. Je ne me souvenais même pas être passée devant en déambulant en ville, d'ailleurs. Même si, visiblement, ce n'était pas très loin de là où j'habitais, étant donné le peu de temps écoulé entre le moment où j'étais montée dans cette voiture et celui où nous avions atteint notre destination.

— Je croyais que vous m'emmeniez au poste de police ? déclarai-je, les bras croisés avec méfiance.

— C'est notre poste, du moins pour les besoins du jour. Venez. On a déjà perdu trop de temps.

Je me tournai vers lui. Il ne ressemblait pas à un psychopathe meurtrier/violeur/ce que vous voulez traditionnel, mais ça ne voulait rien dire. Je refusais de le suivre aveuglément sous prétexte qu'il portait un uniforme. Ces derniers pouvaient être falsifiés, après tout.

— Tout ça vient *juste* d'arriver. Comment peut-on avoir perdu du temps ? demandai-je en campant sur mes positions. Et non, je suis trop maligne pour me rendre dans un bâtiment étrange avec un homme étrange. Je préfère rester ici.

Je ne pensais pas que c'était mieux de rester dans la voiture étrange de cet homme, mais quand même, une fille devait bien se défendre, n'est-ce pas ? Sinon, qui le ferait à sa place ?

— OK, mais si quelqu'un vous pose la question, vous direz que c'est vous qui avez choisi la manière forte, répliqua Parker, les sourcils froncés, avant de sortir de la voiture.

Je le regardai la contourner, me rejoindre de mon côté et ouvrir ma portière à la volée.

— Dehors ! dit-il avec fermeté.

Plutôt que de protester, je me mis à crier. Mes mains détachèrent la ceinture et mes pieds se tournèrent pour sortir de la voiture, alors que je ne leur avais rien demandé.

— Hé, arrêtez ça ! m'exclamai-je dans une protestation lamentable.

— Suivez-moi, insista Parker, avec une étincelle amusée dans les yeux.

Mes jambes lui obéirent comme si elles lui appartenaient, et non à moi. Ces traîtresses.

Et c'est ainsi que j'entrai dans un bureau sans panneau situé dans un non-poste de police, grâce à mon compagnon effroyablement autoritaire et mes jambes inexplicablement désobéissantes.

Oui, cette journée ne cessait d'empirer.

Ce qui n'augurait rien de bon pour la suite.

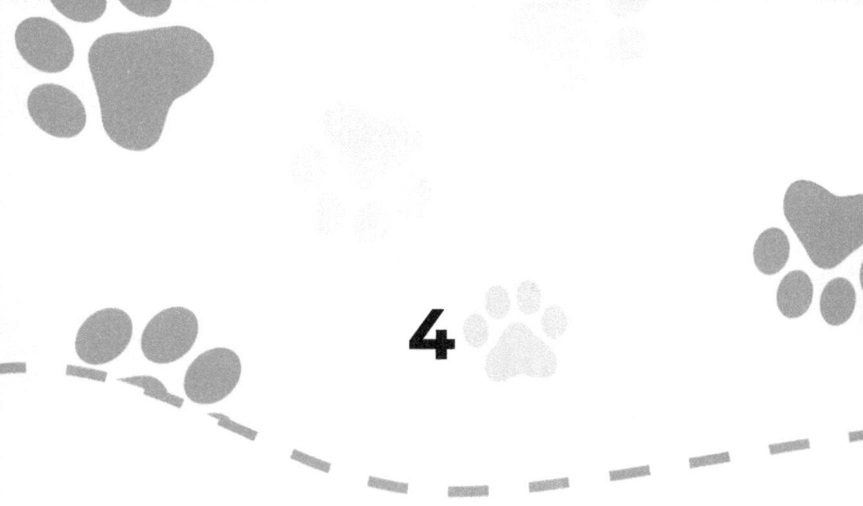

4

Nous pénétrâmes dans un open space où l'air était frisquet et l'éclairage sombre, malgré le soleil lumineux au-dehors. Oui, il était tard dans la matinée, j'avais dormi un peu trop. Mais j'étais entre deux manuscrits, alors ça ne comptait pas.

— Ton instinct a vu juste, lança Parker à quelqu'un que je ne voyais pas. Haberdash est morte. Et j'ai trouvé cette nana sur la scène.

— Voilà qui ne présage rien de bon pour le reste de la journée, répondit une voix onctueuse au fond de la pièce.

Ses mots s'enchaînaient avec fluidité dans un roulement continu, sans pauses pour respirer. C'était un phrasé presque serpentin, mais pas tout à fait non plus.

Intriguée, et pas qu'un peu, j'agitai la tête de droite à gauche, sans parvenir à repérer notre interlocuteur.

— Qui est là ? Qu'est-ce que vous me voulez ?

La voix désincarnée rit et je crus apercevoir du mouvement au fond de la pièce. Cependant, la forme sombre disparut tout aussi vite dans les ombres encore plus denses.

— Hum, ce n'est pas bon signe. Emmène-la en salle de réunion, ordonna la voix toujours aussi policée. Je vais convoquer les autres.

Parker posa sa main en bas de mon dos, et je me tortillai pour lui échapper.

— Ne me touchez pas, aboyai-je.

— Désolé, dit-il, l'air sincèrement contrit.

Il s'éclaircit la voix.

— Suivez-moi. Euh… s'il vous plaît.

Mes jambes se mirent en marche bien que mon cerveau leur ordonne de s'arrêter, faire demi-tour et courir le plus vite possible vers la porte.

J'étais une marionnette désincarnée entre ses mains, comme Pinocchio avant que la fée ne le rende vivant.

Nous empruntâmes un couloir, prîmes un tournant, puis marchâmes jusqu'au bout d'un autre couloir qui débouchait sur une grande salle de réunion au plafond vitré. J'aurais été impressionnée, si je n'avais pas été autant perturbée que terrifiée.

— Qu'est-ce que vous me voulez ? demandai-je en transperçant Parker du regard.

J'espérais qu'employer la bonne formulation le convaincrait de me laisser m'en aller indemne.

— Asseyez-vous, répliqua-t-il avec un petit mouvement de tête presque attristé.

Je n'y croyais pas. S'il était désolé, il ne m'aurait pas enlevée en premier lieu.

Mes mains se posèrent sur la chaise la plus proche et la reculèrent.

— Vous n'êtes pas obligée, ajouta-t-il tout à coup, et mes mains retombèrent mollement contre mes cuisses. C'est juste si vous le voulez.

— J'aimerais mieux rester debout, rétorquai-je, les dents serrées. À vrai dire, je voudrais m'en aller.

Je me dirigeai vers la porte.

— Non ! cria-t-il, et je me figeai sur place. Je suis désolé, j'imagine que vous devez avoir un million de questions. Vous aurez vos réponses. Enfin, certaines. On doit juste attendre...

La porte s'ouvrit et quatre personnes entrèrent, me jetèrent un bref coup d'œil et s'installèrent autour de la table. Elles étaient, pour la plupart, plus âgées que Parker et moi. L'un d'eux semblait à quelques jours de célébrer son centième anniversaire. Il avait une longue barbe blanche qui lui tombait jusqu'à la poitrine et lui donnait un air de Merlin en costume-cravate. Pourquoi un centenaire porterait-il une tenue aussi formelle, et surtout, pourquoi maintenant? C'était un échantillon des nombreuses questions qui fusèrent dans mon esprit alors que j'observais les nouveaux venus.

Je venais de regarder discrètement sous la table les chaussures d'une quinquagénaire ou sexagénaire particulièrement bien habillée quand un chat noir franchit la porte en trottinant et bondit sur la table en un geste gracieux.

— Maintenant que nous sommes tous là, commença la voix que j'avais entendue dans l'autre pièce.

Je ne perçus pas la suite, parce que je poussai un cri intérieur lorsque mon cerveau comprit que cette voix onctueuse provenait du chat. *Du chat!*

Et non seulement il parlait, mais il semblait en plus être le chef.

Plaçant une patte devant l'autre, il avança nonchalamment sur la table, dans ma direction. Ses yeux jaune brillant étaient rivés sur moi.

— Eh bien ?

— Eh b... bien quoi ? balbutiai-je.

Je me débattis et je m'étirai sur ma chaise, en vain. Mes jambes ne m'obéissaient pas.

— Est-ce vous qui l'avez tuée ?

Les mots flottèrent de la bouche du chat, et je compris enfin pourquoi leur sonorité était si étrange. Il n'avait pas besoin de sa langue pour former les sons. Cela éliminait une grande partie du souffle et de l'humidité nécessaires à la parole.

— Pas de réponse, commenta-t-il, pensif. Ça signifie que vous plaidez coupable ?

— Non ! m'écriai-je. Maintenant, laissez-moi partir !

Le chat se tourna vers Parker et attendit.

L'officier qui paraissait si sûr de lui tout à l'heure semblait las en compagnie du félin exigeant.

— Elle était là quand je suis arrivé. Je me disais qu'on pouvait...

— Nous servir d'elle jusqu'à ce que nous découvrions le vrai coupable. À condition qu'elle n'ait pas commis ce meurtre, bien sûr. Brillante idée, Barnes.

Le chat noir retourna vers le bout de la table de sa démarche chaloupée, et les personnes assises tout autour murmurèrent leur assentiment.

Je n'avais toujours aucune idée de ce qu'il se

passait, mais au moins, je savais à présent qu'ils ne comptaient pas me tuer.

— Excusez-moi, intervins-je. Vous voulez vous servir de moi pour quoi ?

— Oh, vous le saurez très vite, me promit le chat avec un rire peu amical.

Parker se leva alors et se dirigea vers moi, la main tendue, un sourire incertain aux lèvres.

Les autres l'imitèrent et firent la queue derrière lui, attendant leur tour pour me saluer, manifestement.

Je serrai la main de Parker avec hésitation et il annonça :

— Bienvenue à la *Paranormal Temp Agency*, agence d'intérim pour le monde paranormal. Vous êtes embauchée !

Quoi ? Comment pouvais-je être engagée sans avoir postulé nulle part ?

Et, petit détail, je n'avais rien de paranormal en moi. J'étais une personne normale avec un grand N, et ce qui se passait ici ne me plaisait pas le moins du monde.

5

Je venais d'être témoin d'un meurtre, kidnappée et engagée rien qu'en parlant avec un chat. Cette journée pouvait-elle devenir encore plus bizarre?

Je secouai la tête avec véhémence.

— Désolée, j'ai déjà un travail.

— Ce n'est pas soumis à discussion, feula le chat. Mets-la au parfum, Barnes, et vite. Ma patience s'épuise.

— D'accord, d'accord. Par où commencer? se demanda tout haut l'officier Parker Barnes tandis que je m'interrogeais à son sujet.

Était-il un véritable membre des forces de l'ordre ou était-ce une ruse depuis le départ?

— Vous voulez sans doute vous asseoir, cette fois-ci, dit-il en reculant ma chaise.

Je croisai les bras et restai obstinément debout.

— J'ai réussi à survivre à une conversation avec un chat qui parle sans m'évanouir. Je pense pouvoir gérer la suite.

— Comme vous voulez, s'esclaffa-t-il, même s'il me sembla voir un soupçon de respect sur son visage. Lila Haberdash était la sorcière communale de Beech Grove. Maintenant qu'elle est morte, son poste est disponible. Il est pour vous, en attendant.

— Hm-hm, hm-hm, acquiesçai-je. Il y a juste un petit problème dans l'histoire.

— Vous n'êtes pas une sorcière ? répliqua Parker en haussant un sourcil.

— Je ne suis pas une sorcière ! m'écriai-je en me tordant les mains. Donc merci, mais non merci, je vais rentrer chez moi.

— Ça suffit, ce petit jeu ! s'énerva le chat. Si tu ne peux pas la gérer, je vais devoir prendre les choses en main. Venez là !

Je me précipitai à ses côtés contre ma volonté. J'en avais déjà ma claque de ces histoires de contrôle mental.

Le chat leva le nez en l'air, m'offrant une vue parfaite de la petite tache blanche en haut de sa poitrine. En temps normal, j'aimais bien les chats. Pas suffisamment pour en posséder un, cela dit, mais je les appréciais chez les autres. Celui-ci, en revanche, venait de se placer en haut de ma liste des personnes – euh, des créatures – qui m'agaçaient.

— Vous avez été engagée au sein de la Paranormal Temp Agency, me dit-il en fronçant le nez et agitant la queue. Ce n'est pas un travail que vous pouvez refuser.

— Je pense savoir ce que j'ai le droit ou non…

— Arrêtez de protester et écoutez-moi. Vous allez occuper l'ancien poste de Lila en tant que sorcière communale jusqu'à ce que nous trouvions son assassin et puissions embaucher quelqu'un à titre permanent. C'est non négociable.

— En quoi est-ce important de trouver son assassin ? Vous ne pouvez pas poster une annonce sur JobFantôme.com ou autre ?

— C'est mignon, répliqua-t-il en me lançant un regard noir. Vous remplacerez Lila, que ça vous plaise ou non. Aidez-nous à trouver son meurtrier, et vous serez très vite tranquille. Fin de l'histoire.

Parker se racla la gorge et m'expliqua la partie qui me perturbait le plus.

— La magie est transmise à l'hôte suivant quand son propriétaire d'origine décède. Donc la personne ayant tué Lila a certainement absorbé sa magie, une magie ancrée dans Beech Grove et destinée à sa sorcière désignée.

Je pris le temps de méditer ses paroles. Elles avaient du sens, tout en soulevant des tas d'autres questions. Notamment, que se serait-il passé si personne n'avait été présent? Si madame Haberdash était décédée de causes naturelles, sa magie se serait-elle rabattue sur moi, la seule habitante de la maisonnette située à un bout de la propriété?

Je n'aimais toujours pas l'idée de devoir nettoyer ce bazar qui ne me concernait pas. J'étais triste pour elle, bien sûr. Même si elle n'était pas une très bonne propriétaire, elle ne méritait pas de se faire assassiner. Cela dit, je ne méritais pas non plus d'être mise en danger, surtout si la personne ayant éliminé Haberdash décidait de s'en prendre à la suivante à son poste.

Il existait peut-être un moyen facile et rapide de me sortir de cette situation. Je levai la main et j'indiquai le chat.

— Venez vers moi, dis-je, en essayant d'insuffler du pouvoir dans cet ordre simple, comme j'avais vu le policier et l'animal le faire.

Le félin autoritaire leva les yeux au ciel.

— Dois-je prendre cette tentative peu convaincante comme un aveu de votre culpabilité ?

— Non, marmonnai-je, me sentant rougir d'embarras.

— Même si vous étiez douée de magie, ce dont je doute fortement à ce stade, vous n'êtes pas assez puissante pour me commander. Personne ne l'est. C'est pour ça que je suis le patron, et vous, l'intérimaire. Compris ?

— Je m'en fiche, rétorquai-je. Je n'ai donc pas de magie. Ça devrait mettre un terme à ce débat, non ? Comment pourrais-je occuper le poste de sorcière communale sans magie ? Vous n'avez clairement pas la bonne personne.

— Nous vous fournirons tout ce dont vous avez besoin pour accomplir vos devoirs, y compris un peu de magie temporaire.

Je ravalai ma réponse acerbe. Il y avait tant de choses qui clochaient dans ce scénario, mais aussi... *On venait de m'offrir de la magie !* Comment pouvais-je refuser ?

— Très bien, répliquai-je finalement en haussant les épaules. Alors j'accepte, j'imagine. Puis-je avoir ma magie maintenant ?

— Ce soir, lors de l'intégration. À vingt-trois heures pile.

— Désolée, je dors, la nuit.

— Plus maintenant, non.

Le chat se détourna de moi avec un coup de queue irrité et s'adressa au reste de l'assemblée.

— Vous pouvez disposer.

Tout le monde s'en alla, à l'exception de Parker, et de moi.

— Désolé de vous avoir entraînée là-dedans, me dit ce dernier, mais arrêtez d'agacer autant monsieur Grosmatou. Je parle d'expérience. Votre vie sera bien plus facile si vous lui témoignez du respect.

J'explosai de rire, tandis que Parker eut surtout l'air effrayé.

Sérieux, qu'est-ce qu'un petit chat noir du nom de monsieur Grosmatou pouvait réellement me faire?

J'allais malheureusement le découvrir ce soir-là.

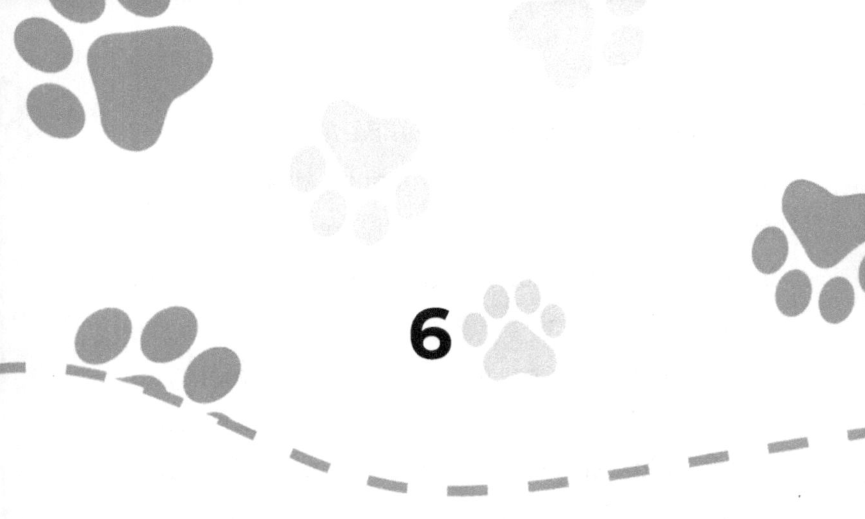

6

Après que Parker m'eut ramenée chez moi, je pus enfin terminer cette douche commencée une éternité plus tôt. Oui, elle était toujours d'un froid désagréable, mais cet inconfort m'aida à me débarrasser d'une partie de mon état de choc. C'était même pile ce dont j'avais besoin.

Tout en m'essuyant, je dressai la liste de ce que je savais :

Ma propriétaire était une sorcière.

Elle a été tuée.

Son assassin est toujours dans la nature.

On attend de moi que je prenne sa place.

Ce soir, on me donnera de la magie à titre temporaire.

Mon patron est un chat qui parle.

J'écrivais des fictions – raconter des histoires était mon métier, littéralement – et pourtant, jamais je n'aurais pu imaginer un truc aussi dingue, même en me forçant.

En réalité, si ça n'avait tenu qu'à moi, j'aurais choisi une héroïne plus digne de prendre ma place, et plutôt qu'un stupide chat, j'aurais placé Parker dans le rôle de la figure d'autorité. Ça aurait été le point de départ parfait pour une intéressante romance de bureau. Les opposés s'attirent, *enemies to lovers...* Oui, ça cochait toutes les cases annonçant un bon livre.

C'est pour ça que les gens disent que la vie est souvent plus étrange que la fiction, j'imagine.

D'abord cette traînée de la PTA, et maintenant ça. J'avais vraiment une vie captivante.

Enfin sèche, j'enfilai mon jean préféré et un vieux tee-shirt, puis mes baskets. Étais-je une adepte de la course à pied ? Non. Mais porter des chaussures destinées à cela me donnait le sentiment que je pouvais courir, si je le voulais.

Cela dit, si les choses tournaient mal ce soir, j'aurais peut-être à me servir de ces pauvres baskets pour la première fois de leur misérable vie. Je frémis. *Mieux vaut ne pas y penser.*

Parée de ma tenue discrète, je sortis de chez moi et je remontai l'allée menant à la résidence principale de ma propriétaire.

Imaginez ma surprise quand je me rendis compte que je n'étais pas la seule à avoir eu cette idée.

Une jeune femme vêtue d'une robe noire ample et d'un cardigan à fleurs, les pieds engoncés dans des rangers et la tête recouverte d'un grand chapeau souple, se tenait devant la maison et observait une fenêtre au premier étage. Elle était tellement plongée dans son inspection qu'elle ne semblait pas m'avoir vue approcher.

Je ralentis le pas. Qu'est-ce qui était le mieux ? Que je fasse demi-tour comme si rien de tout ça n'était arrivé ?

C'était trop tard, sans doute. J'étais désormais mêlée à cette histoire, que ça me plaise ou non.

Alors, je levai la main pour saluer la visiteuse et lançai :

— Bonjour à vous !

L'autre femme sursauta au point d'en perdre son chapeau, que le vent s'empressa d'envoyer valser à l'aide d'une rafale taquine.

Nous courûmes toutes les deux après lui, mais la branche haute d'un arbre l'attrapa avant nous.

L'inconnue se mordit la lèvre et se tourna vers moi.

— C'était mon chapeau préféré.

— C'était ma propriétaire préférée, répliquai-je, décidant de plonger dans le vif du sujet.

J'indiquai la maison désormais vide.

— Vous la connaissiez bien ?

— Pas vraiment.

La femme jeta un dernier regard nostalgique à son chapeau perdu. Maintenant que je voyais son visage, je me rendis compte qu'elle était bien plus jeune que je ne l'avais pensé. Je n'aurais pas été surprise qu'elle ait tout juste fini le lycée, à un ou deux ans près.

— Tawny, me présentai-je avec un sourire chaleureux. Et vous êtes ?

— Personne d'important, marmonna-t-elle en jetant un nouveau coup d'œil en direction de son chapeau perdu.

Ses longues tresses noires voletèrent dans la brise, lui donnant des airs presque effrayants.

— Je m'en vais.

— Attendez, m'écriai-je, sans savoir quoi ajouter.

Mais je ne pouvais pas la laisser partir. Et si c'était elle, l'assassin ? Je devais le découvrir, pour ma propriétaire.

— Qu'est-ce que vous êtes venue faire ici ? demandai-je lorsqu'elle reporta son attention sur moi avec un soupir résigné. Saviez-vous que madame Haberdash avait été tuée ?

Elle me transperça d'un regard direct et déterminé, sans rien trahir de son côté. Tout à coup, je pris conscience avec acuité que je venais de confronter quelqu'un pouvant être mortellement dangereux. Et si c'était bien elle, l'assassin ? Possédait-elle la magie communale ?

Comme elle ne répondait pas, je tentai une hypothèse.

— Vous le saviez, n'est-ce pas ? Qu'elle était morte, je veux dire. Mais avez-vous une idée de pourquoi quelqu'un voulait la tuer ?

— C'était une erreur de venir ici, rétorqua-t-elle sèchement.

Elle tourna les talons et s'éloigna si vite que je n'avais pas la moindre chance de la rattraper, même avec mes chaussures de course aux pieds.

— Attendez, la rappelai-je de nouveau, mais la fille sans nom m'ignora et ne se retourna pas.

Bien joué.

J'avais eu une suspecte sous la main, et pourtant, je n'avais rien pu lui soutirer d'utile. Si elle avait été une amie ou un membre de la famille, elle aurait dit quelque chose, n'est-ce pas ? Son départ soudain indiquait qu'elle se sentait coupable, mais coupable de quoi? De meurtre?

Quelle que soit la réponse, j'avais le sentiment que cette étrange visiteuse allait revenir vite. Pas avec des intentions meurtrières, avec un peu de chance, surtout maintenant qu'elle savait que je la soupçonnais.

Argh!

Qu'est-ce qui n'allait pas chez moi? Je n'avais pas avancé avec prudence vers le danger, j'y avais plongé la tête la première.

7

Je consacrai le reste de la journée à tenter, en vain, d'écrire quelques pages pour faire plaisir à mon agent. Évidemment, j'avais bien trop de choses en tête pour pouvoir me concentrer, donc il allait devoir s'habituer à être contrarié par mon attitude quelque temps.

Parker vint me chercher quinze minutes avant onze heures. Il était visiblement mon chaperon officiel pour toutes les affaires concernant l'agence d'intérim paranormale.

Même si je n'avais pas le sentiment d'avoir constamment besoin de la présence de quelqu'un, j'étais soulagée que ce soit lui. Il était moins insolent que le chat. Et pas trop désagréable à regarder non plus.

Avant, j'aurais sauté sur cette attirance, flirtant au moment opportun. Mais j'étais différente, j'apprenais encore à me connaître, à vrai dire.

Depuis que j'avais trébuché sur le cadavre de madame Haberdash et que j'étais tombée dans ce monde plein de défi rempli d'une magie étrange, j'avais changé. Oui, ça ne remontait qu'à ce matin, mais ces deux événements comme on n'en vivait qu'une fois dans une vie avaient engendré de profondes modifications quant à ce que je savais de moi-même et du monde qui m'entourait.

Je me dirigeai à grands pas vers la voiture de Parker, drapée d'une assurance que je ne ressentais pas. Je portais aussi une longue jupe noire à fleurs et un bustier noir en cuir, de vieilles bottes en grande partie masquées par la jupe, et mon bijou préféré, un collier noir au pendentif brillant et aux motifs inté-ressants qui ressemblaient vaguement à un aigle en plissant un peu les yeux.

Je dévoilais apparemment un peu plus de décol-leté que mon escorte ne s'y attendait. Il vira au rouge brique sous sa barbe dès l'instant où ses yeux se posèrent sur ledit décolleté.

— Vous n'étiez pas obligée de bien vous habiller pour ça, grommela-t-il, les mains serrées autour du volant.

— C'est votre façon de dire que je suis jolie comme ça ? le taquinai-je.

D'accord, peut-être que je n'avais pas changé tant que ça.

Parker toussota.

— Moui. Contentons-nous de « jolie ». Euh... vous avez passé une bonne journée ?

— Je ne pense pas qu'on puisse se remettre d'avoir été accusée de meurtre et d'avoir découvert la magie, donc qualifions-la plutôt de journée *intéressante*.

— On sait que vous ne l'avez sans doute pas tuée, si ça peut vous aider, répondit-il avec un sourire d'excuse.

Oh, bien. Ils savaient que je n'étais *sans doute* pas coupable, ce qui signifiait que je n'étais pas totalement tirée d'affaire. Et aussi...

— J'en déduis que vous n'avez pas attrapé le véritable tueur, pour l'instant, commentai-je en soupirant.

— Non, mais on a quelques pistes.

Son visage restait concentré, sérieux.

Moi, de mon côté, je préférais alléger l'atmosphère, surtout alors que je me sentais déjà apeurée.

— Et donc, vous êtes quoi, au juste ? Un policier ? Ou bien cette arrivée en grande pompe n'était réservée qu'à moi ?

Je m'attendais à ce qu'il se détende un peu sous l'effet de ma taquinerie, mais pas de bol. Il se repositionna dans son siège, se redressant, et dégagea ainsi une présence encore plus autoritaire. Il serra les mâchoires et carra les épaules. Avait-il peur de moi ? Ou était-il mal à l'aise en présence des autres, de manière générale ?

— Je suis bien un membre des forces de l'ordre, oui, répondit-il d'une voix plus grave que d'habitude. Je suis aussi l'agent de liaison au sein de la police pour les affaires paranormales.

— Donc vous êtes un agent double ? demandai-je en plissant le nez, amusée.

Enfin, un sourire étira ses lèvres.

— Un truc du genre, oui.

— Et le chat est votre patron. Et les autres personnes présentes ce matin ? Qui sont-elles ?

Si je pouvais soutirer des informations à quelqu'un, c'était à Parker, alors je décidai de presser le citron le plus possible pendant le trajet. Il serait plus facile à influencer sans le regard vigilant de monsieur Grosmatou.

Il me dévisagea un long moment, et la voiture fit une embardée vers le trottoir. Lui demander d'être multitâches pendant qu'il conduisait n'était peut-être pas la meilleure idée de la journée.

Il reporta son attention sur la route.

— Les autres agents de liaison, vous voulez dire ?

— Si c'étaient eux qui étaient assis autour de cette table ce matin, alors oui.

Je repensai à la femme à la tenue impeccable et au type âgé à la barbe de Merlin et au costume. Les deux autres ne m'avaient pas fait si forte impression. Cela dit, ils étaient assez importants pour être conviés à cette réunion, donc je ne devais pas ignorer leur existence.

Parker hocha la tête et repositionna ses mains sur le volant.

— Oui, ce sont tous des agents de liaison. Moi, je suis en contact avec la police. Chacun d'eux garde un œil sur d'autres organismes clés de la région.

Je me mordis la lèvre et je me retins de froncer les sourcils. Je commençais à me sentir stupide, étant donné le peu que je savais, et je détestais plus que tout ce sentiment.

— C'est plutôt vague. Vous voulez dire que vous défendez les intérêts paranormaux auprès de la police ?

La voiture fit une autre embardée quand Parker écrasa la pédale de frein – à dessein ou non, difficile à dire. Il releva le pied avant que nous ne nous immobilisions totalement. Heureusement qu'il n'y avait personne derrière nous, ou nous aurions souffert d'un grave coup du lapin.

D'une voix suraiguë et paniquée, il répondit :

— Non, non. Seigneur, non. Les gens sans magie ignorent notre existence, donc je ne prends la défense de personne. Si on les surveille, c'est pour nous protéger d'eux. Pas l'inverse.

Vu comme il était nerveux, je posais les bonnes questions, n'est-ce pas ? Je décidai de continuer, même si j'étais inquiète, et pas qu'un peu, pour ma sécurité avec un conducteur aussi sensible au volant.

— Euh, coucou. Je suis sans magie et pourtant, vous m'avez tout de suite révélé la vérité.

— Vous vous êtes pointée sur la scène de crime de l'une des magiciennes les plus importantes de cette ville, alors oui, on n'avait pas le choix. En plus, vous aurez un peu de magie en vous avant la fin de la soirée.

Un frisson d'excitation me traversa. J'allais obtenir de la magie. Ça valait presque le coup d'être soup-çonnée de meurtre.

Presque.

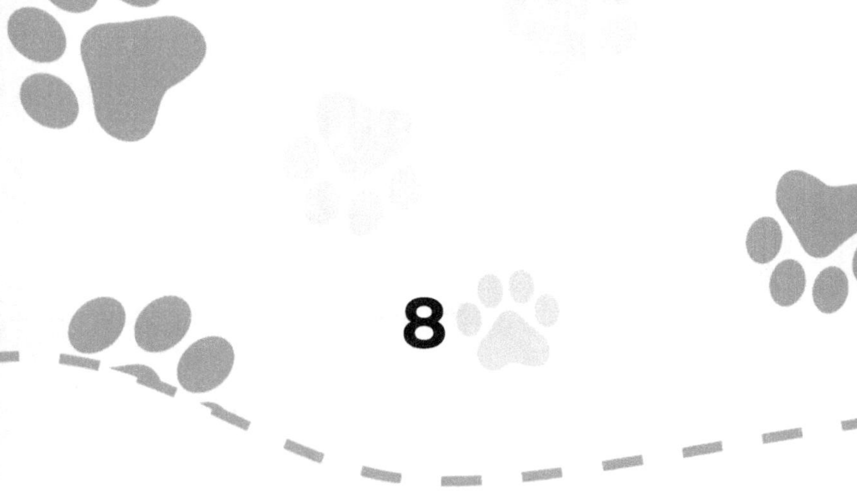

8

e trajet fut court et agité, à cause du comportement erratique de Parker au volant. Cette fois-ci, je fus heureuse de voir le bâtiment sombre, parce qu'il signifiait que nous avions atteint notre destination sans subir l'accident de voiture épique auquel je m'attendais à moitié.

À l'intérieur du quartier général de la Paranormal, Parker me conduisit dans une direction opposée à ce matin. Une série de longs couloirs nous menèrent à un grand espace qui résonnait, dans lequel tous les meubles et les moquettes avaient été enlevés.

— Vous ne récupérerez jamais la caution de cet endroit, marmonnai-je en me souvenant de la fois où j'avais dû renoncer à la mienne à cause d'une tentative de création de bougies ratée.

Entre parenthèses, j'avais décidé de ne pas conserver ce passe-temps.

Je me tournai vers Parker, pour voir comment il avait accueilli ma blague, mais avant que je ne puisse croiser son regard, nous fûmes rejoints par un nouvel arrivant.

Monsieur Grosmatou bondit depuis un trou dans le plafond, où l'un des panneaux avait été enlevé. Il atterrit juste devant moi dans un bruit sourd, prouvant, au moins à mon intention, que les chats atterrissaient toujours sur leurs pattes.

— Bonsoir, me salua-t-il en ronronnant, très content de lui, si ce n'est de moi. Merci de l'avoir amenée ici, Barnes.

Il adressa un bref signe de tête à Parker.

— Ce sera tout. Tu peux disposer.

— Attendez ! rappelai-je ce dernier, mais soit il ne m'entendit pas, soit il s'en fichait.

Je reportai mon attention sur le chat noir en sentant croître mon malaise. Quelque chose me disait qu'il ne m'initierait pas à la magie avec gentillesse.

— Humaine, dit-il en agitant le bout de sa queue en rythme. Il est l'heure de...

— Je m'appelle Tawny, l'informai-je.

Il écarquilla les yeux, comme si le fait que je prononce mon prénom était une insulte.

— Ce n'est pas important. Ce qui compte, c'est...

— En fait, si, mon prénom est important à mes yeux, et je vous remercierais de l'utiliser.

Si je n'établissais pas quelques règles tout de suite, je ne pourrais pas les mettre en place plus tard. Et si je devais le fréquenter le temps de cette histoire de sorcière communale, je comptais bien insister pour qu'il utilise mon prénom.

Monsieur Grosmatou se mit à quatre pattes et me tourna autour.

— C'est une demande de taille pour quelqu'un qui est toujours accusé de meurtre.

— Non, c'est une requête plutôt simple. Vous me demandez d'apprendre la magie et de remplacer temporairement une sorcière. Tout ce que je vous demande en échange, c'est que vous me traitiez avec un peu de respect.

Le chat s'immobilisa, pencha la tête d'un côté, et me fixa de ses yeux dorés changeants.

Nous gardâmes le silence tous les deux, ne cédant ni l'un ni l'autre. D'après moi, j'étais en position de force. Il avait beau avoir de la magie, il avait besoin de moi – et seulement de moi, pour une raison que j'ignorais.

Après une petite éternité, il rit. Il ne pouffa pas simplement, non, il laissa éclater sa joie.

— Vous ne comptez pas m'épargner, à ce que je vois. J'espère que vous savez que je ferai preuve de la même courtoisie à votre égard. Va donc pour Tawny, mais gardez à l'esprit que vos futures demandes rencontreront bien plus de résistance.

— Merci, répliquai-je, les dents serrées.

Même s'il avait enfin cédé, je me sentais sur les nerfs. Pourquoi Parker n'était-il pas resté avec nous? Ça aurait été bien plus facile avec un visage amical pour me tenir compagnie, bien qu'il soit lui aussi quasiment un inconnu. Mais j'aurais préféré le policier séduisant au chat magicien effrayant.

— Quelle est la suite? demandai-je, puisque monsieur Grosmatou ne m'expliquait rien.

— Eh bien, à présent, dit-il en regardant les griffes dégainées de l'une de ses pattes, je vous donne temporairement accès à la magie.

— La *magie*, répétai-je, savourant la consistance puissante du mot sur ma langue.

Le chat noir opina et rangea ses griffes.

— Ce ne sera pas la réplique parfaite de celle de Lila, mais elle sera suffisamment ressemblante pour que vous puissiez occuper son poste quelque temps. Enfin, à moins que vous ne l'ayez tuée vous-même et que vous n'ayez déjà absorbé son héritage magique.

— Je n'ai pas...

Je fus coupée dans mon élan par une puissante rafale qui traversa la pièce et me renversa.

Aïe. Ouille. Aïe. J'avais mal partout. À la tête, à la poitrine, et surtout aux fesses.

— C'était quoi, ça ? m'écriai-je.

Il voulait que je l'aide, il avait même *besoin* de mon aide, non ? Alors pourquoi m'attaquer tout à coup ?

Monsieur Grosmatou ouvrit la bouche, mais au lieu de répondre à ma question très raisonnable, il lança un panache de feu palpitant.

Ce dernier s'envola très vite vers moi, déterminé, bien trop rapide pour que je puisse espérer l'éviter, même si je n'avais pas été sur les fesses.

Puis, en une fraction de seconde, les flammes disparurent, juste avant de s'écraser sur mon visage et de me réduire en cendres.

— Vous êtes fou ! m'exclamai-je.

La peur embrouillait mes paroles, les rendant confuses.

— Laissez-moi sortir d'ici !

Grosmatou éclata de rire en avançant vers moi d'une démarche délibérément lente. Je pris une grande inspiration et me préparai à la suite. Il savait aussi bien que moi que j'avais autant de chances de m'en sortir victorieuse qu'une boule de neige en plein désert.

Mais waouh, quelle façon de mourir !

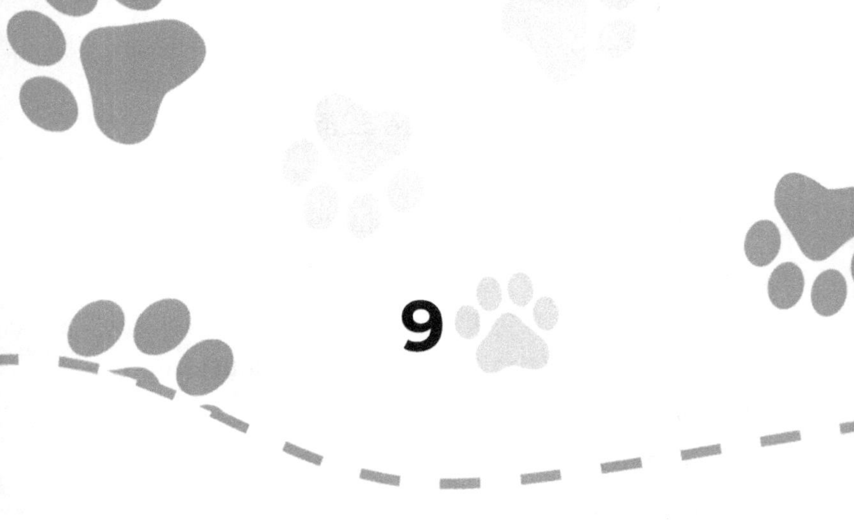

9

— Détendez-vous, m'encouragea Grosmatou d'une voix traînante en se rapprochant de moi.

Tout à coup, mes muscles se relaxèrent et mon cœur fut entraîné par une pulsation apaisante.

Le chat magique me dévisagea un moment.

Quand il décréta que j'avais bien suivi ses consignes, il poursuivit son exposé terrifiant.

— Je devais m'assurer que vous ne possédiez pas déjà de la magie et que vous ne tentiez pas de la cacher. Vous n'avez pas beaucoup d'expérience, donc vous n'auriez pas pu vous empêcher de déclencher vos défenses face à cette arrivée soudaine d'une menace extérieure.

— Vous êtes fou ! m'écriai-je à nouveau.

Mon corps avait beau être calme, mon esprit était encore sous le choc.

— Je ne possède pas la moindre magie, et je n'apprécie vraiment pas que vous ayez tenté de me transformer en Tawny rôtie !

Un sourire s'étira de l'une de ses joues moustachues à l'autre.

— Confier de la magie à un humain, ce n'est pas rien. Votre espèce n'a pas le meilleur des palmarès en matière de gestion du pouvoir sous n'importe quelle forme.

Il n'avait pas tort, là. Cela dit, il avait beau comprendre les humains, ça ne signifiait pas qu'il *me* connaissait pour autant.

— Ne m'attaquez plus jamais, ordonnai-je, en regrettant de ne pas déjà posséder cette magie qui me permettrait de le forcer à m'obéir, de la même façon qu'il m'avait contrainte à me calmer.

— Ce n'est pas prévu. Attendez ici.

Il s'accroupit, puis sauta dans le même trou au plafond que celui par lequel il était entré dans la pièce.

Grosmatou avait des dons de saut surnaturels, c'était certain. *Oh, c'est vrai. La magie.*

À son retour, il tenait une simple broche argentée dans la gueule. Elle ressemblait à un arc croisé d'un papillon et était faite d'un argent brillant. Il la posa à mes pieds.

— Votre tenue n'est pas très bien choisie, commenta-t-il de son phrasé rebutant, presque serpentin.

Je le fusillai du regard. Il était peut-être le patron, mais ça ne lui donnait pas le droit de contrôler tous les aspects de ma vie. Cette dernière pique faisait mal, d'autant que j'avais mis un soin particulier à sélectionner mes vêtements.

— Ça suffit, les insultes, grognai-je.

Il ne céda pas. Au contraire, il insista.

— Vous avez trop de peau exposée. Voilà votre badge magique.

Il posa la patte sur la broche en argent.

— Il doit être placé contre votre cœur pour être plus efficace.

Je baissai les yeux vers mon décolleté important et grimaçai.

— Oh. Je vois. *Hmm.*

— Pourriez-vous juste… ?

Ses mots moururent sur ses lèvres, et si vous n'avez jamais vu un chat rougir, je vous assure, ça vaut le coup d'œil. Grosmatou toussota, ce qui se transforma en haut-le-cœur et eut pour conséquence de faire tomber une boule de poils régurgitée à mes pieds. Charmant.

J'attrapai la broche brillante en faisant de mon mieux pour ne pas contempler les dégâts dangereusement proches.

— Comme ça ? demandai-je après l'avoir installée tout en haut de mon bustier.

Dans cette position, elle dépassait légèrement l'encolure.

— Eh bien, passons aux tests.

Grosmatou avait repris sa contenance. Il me décocha un clin d'œil, puis balança une nouvelle rafale dans ma direction.

Cette fois-ci, je levai les deux mains devant moi et le vent s'éteignit, sans même ne serait-ce qu'ébouriffer un seul de mes cheveux. Choquée, je contemplai mes paumes à la recherche de la magie qui venait d'en jaillir. Elles me paraissaient – visuellement et en sensations – toujours les mêmes.

Je n'eus pas le temps de m'appesantir dessus, parce que le feu arriva ensuite. Par instinct, je brandis les mains et forçai de l'eau à jaillir ; elle entra en collision avec les flammes de Grosmatou, et les deux disparurent.

Le chat arborait une expression suffisante, à présent.

— Vous voyez ? Vous ne pouvez pas vous empêcher de vous défendre.

— Mais comment ça marche ? Je n'ai rien fait volontairement.

Je continuai à observer mes mains, comme si elles pouvaient tout à coup me révéler tous les secrets de l'univers. Malheureusement, je me sentais aussi perdue qu'avant, et sans doute plus.

— Utiliser la magie est aussi naturel que respirer, pour ceux qui en possèdent. Oui, vous devrez vous entraîner pour la renforcer, mais nos aptitudes naturelles sont innées.

— Sauf que je ne possède pas de magie naturellement. Je n'aurais pas dû être capable de faire tout ça.

J'avais beau ne pas écrire de la fantasy, j'en avais suffisamment lu pour savoir que la magie requérait beaucoup d'entraînement et de maîtrise. Ce qui se passait ce soir avec Grosmatou était tout l'inverse.

Il haussa les épaules comme si ça n'avait pas d'importance.

— Tout le monde a du potentiel. Seules quelques personnes en prennent conscience.

— Donc tous les habitants de ce monde possèdent de la magie ?

J'étais émerveillée par cette idée. Comment une telle chose pouvait-elle rester secrète ? Était-ce grâce à

Parker, Grosmatou et tous les autres agents de liaison pour les affaires paranormales partout sur la planète ? Et j'en faisais partie à présent ? *Waouh.*

— Parmi les humains adultes, on ne recense pas plus d'un pour cent de la population, m'informa-t-il avec un sourire arrogant. Ils sont, pour la plupart, trop englués dans les autres aspects de leurs vies occupées.

— Vous parlez des adultes, constatai-je en me relevant enfin. Ça veut dire que…

— Oui, beaucoup d'enfants peuvent recourir à leur magie intérieure, mais à mesure qu'ils grandissent, les adultes dans leur vie les convainquent que ce n'est pas réel, et peu à peu, ils perdent cette étincelle.

— C'est triste, commentai-je, la gorge nouée.

— Nous avons suffisamment de dégâts à réparer à cause des quelques humains conservant leur magie. Pourquoi y a-t-il autant de chats errants, d'après vous ? Notre boulot consiste à garder un œil sur vous et à arranger les choses avant que les autres humains ne comprennent que ceux-là sont dysfonctionnels.

— Donc les chats errants sont…

— Des agents de terrain, oui. Si vous avez un peu d'argent de côté, vous pourriez faire des dons à un refuge. Nous avons perdu trop de bons agents à cause de…

Il frémit.

— Peu importe.

— Je vais voir ce que je peux faire, lui promis-je.

Est-ce que je pouvais le caresser ? Ou bien ce geste serait-il considéré comme condescendant plutôt que réconfortant ?

— Et maintenant ?

— Vous rentrez chez vous et vous vous reposez. Je viendrai vous voir demain matin pour vous présenter vos devoirs en tant que sorcière communale.

Je voulus le remercier, lui présenter mes condoléances pour les amis qu'il avait perdus sur le terrain, mais avant que je ne puisse ajouter un mot, il beugla :

— Barnes !

Parker arriva presque instantanément, me prit par le bras et me conduisit vers la sortie. Bien, apparemment je devais attendre le lendemain pour obtenir quelques réponses.

10

J'avais beau savoir que je devais essayer de dormir, j'étais bien trop excitée pour y parvenir. Des tas de questions tourbillonnaient dans mon esprit, et elles requéraient des réponses.

Bien sûr, Parker était resté très silencieux sur le trajet de retour, me laissant tout le loisir de méditer.

Une pensée dominait mon cerveau depuis le début : «OH, MON DIEU, J'AI DE LA MAGIE MAINTENANT ! YOUPIIIIII !»

Impatiente de tester mes nouveaux pouvoirs chez moi, je sortis dans le jardin dans l'espoir d'affronter un vent violent que je pourrais chasser... Mais la nuit resta calme, tranquille, très peu coopérative. J'envisageai un instant d'allumer un feu de camp pour l'arroser avec ce qui déciderait de sortir de mes mains.

Cela dit, où était-il écrit que mes compétences se limitaient à calmer les éléments? Parker et Grosmatou avaient exercé une forme de contrôle mental sur moi, et même si je n'avais personne à influencer pour l'heure, j'étais prête à parier que je pouvais accomplir presque tout ce que mon esprit décidait.

Voyons voir...

Grosmatou avait extrait ma magie sans peine, mais maintenant que j'étais livrée à moi-même, je ne savais pas trop par où commencer.

J'observai la broche fixée à mon haut comme si elle pouvait m'afficher la réponse en gras. Non, ça ne fonctionnait pas.

Je ne savais toujours pas ce qu'impliquait mon boulot de sorcière par intérim. Quelles seraient mes responsabilités? Quel genre de magie allais-je pouvoir réaliser? Grosmatou s'était montré avare d'explications.

Heureusement, étant auteure de métier, j'avais pour habitude de laisser libre cours à mon imagination. D'accord, j'écrivais surtout des romances contemporaines se déroulant dans le monde réel – vous voyez, ce monde que je pensais dépourvu de magie, avant aujourd'hui. En général, quand je planchais sur mes manuscrits, je réfléchissais à des rencontres mignonnes entre mes personnages principaux, ou à de grands gestes romantiques de la part des héros pour reconquérir les femmes après avoir royalement merdé. J'avais beau être douée dans ces deux domaines, aucun d'eux ne m'était d'une grande utilité pour explorer mes tout nouveaux dons paranormaux.

Peut-être que si je voulais lancer un sort d'amour ou… Attendez, en étais-je capable ? Mon cerveau eut quelques ratés en réalisant combien les possibilités pouvaient être infinies.

J'en vins naturellement à me demander quelle part des connaissances entourant traditionnellement les sorcières était basée sur la réalité et quelle autre n'était que le résultat d'imaginations trop débordantes comme la mienne.

Je parcourus mentalement les représentations des sorcières dans les médias.

Un chat noir de compagnie ? *Oui.*

Vertes et moches ? *Ouh là, non.* Enfin, pas vertes, au moins, et sans doute pas moches non plus.

De fabuleux grimoires magiques ? *Pas encore.*

Un balai volant ? *Attendez une seconde.*

Serais-je vraiment capable de voler ? Et si oui, aurais-je besoin d'un balai pour ça ?

Oui, voler allait rejoindre sans hésiter ma liste de choses à tester.

J'étais à moitié tentée d'essayer dès maintenant, en montant sur le toit et en laissant mon instinct de survie faire le reste, comme avec Grosmatou, mais cela ne me paraissait pas très malin de réaliser cette expérience sans personne autour pouvant invoquer des pouvoirs de guérison magiques ou appeler une ambulance si ça tournait mal.

Le décollage allait devoir attendre.

Les sorcières étaient capables de quoi d'autre?

Hmm. Je pouvais peut-être changer de forme. Pourquoi pas, après tout?

Déterminée à découvrir seule certaines de mes capacités, je me rendis dans la minuscule et unique salle de bain de mon *cottage* de location, je posai les deux mains sur le meuble et me regardai dans le miroir.

Voyons voir, voyons voir. En quoi me transformer?

Mes yeux se posèrent sur le rideau de douche sur lequel était imprimé un flamant rose vif, le seul élément doté d'une certaine personnalité dans cette pièce fonctionnelle, mais pas vraiment attrayante.

Un flamant rose, d'accord. J'imaginai l'animal dans ma tête en pensant à tout ce que je savais sur eux, de leur couleur flamboyante à leur goût pour la position sur une patte. Je fermai les yeux, gardai l'image bien en tête et m'imaginai devenir ainsi.

Pense... juste... rose...

Une méthode tout à fait logique, alors je me concentrai de toutes mes forces sur ma visualisation... Mais rien ne se produisit.

Merde !

Je rouvris les paupières, dans l'intention de réprimander mon reflet qui refusait de suivre mes ordres. À la place, je poussai une exclamation.

Je n'étais pas devenue un flamant rose, mais mes cheveux *avaient changé*, prenant une teinte vive de chewing-gum, parfaitement assortie à la couleur du volatile sur le rideau de douche.

Des cheveux roses. J'avais réussi à faire ça avec de la magie – *ma* magie ! – et ce n'était pas trop mal, tout bien considéré.

D'accord, je ne savais toujours pas comment j'avais réussi à changer juste mes cheveux alors que je visais une transformation complète, mais j'étais excitée d'avoir accompli quelque chose. Même un petit truc.

Je repensai à ma liste précédente.

Verte ? *Non.*

Moche ? *Pas avec cette nouvelle couleur de cheveux trop cool.*

J'avais exploité mes nouveaux pouvoirs pour réaliser quelque chose de magique. Pas trop mal, pour une sorcière novice. Quoi qu'implique ce boulot de sorcière communale, je pouvais gérer.

Et, qui sait? Je pouvais sans doute m'attaquer à l'apprentissage du vol le lendemain.

Ce qu'il ne fallait pas dire...

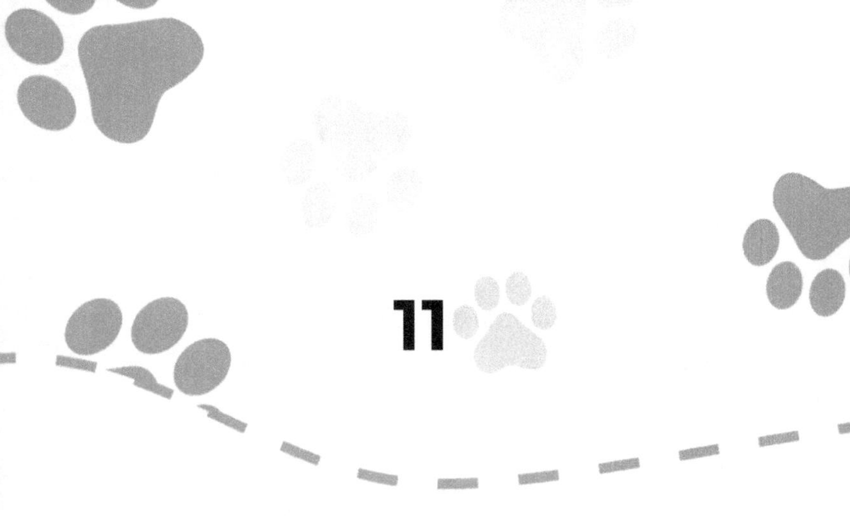

11

Le lendemain matin, un horrible crissement me réveilla de mon sommeil agité. Je me redressai d'un coup, je reculai contre la tête de lit et j'envoyai valdinguer un certain chat noir.

— Qu'est-ce que vous faites là ? m'exclamai-je en serrant ma couverture contre ma poitrine.

Monsieur Grosmatou remonta au pied du matelas et m'observa avec lassitude.

— Je vous ai dit que je passerais vous prendre pour votre entraînement de ce matin.

— Mais il fait encore nuit !

Je savais que je pleurnichais comme une enfant qui venait d'être réveillée pour le premier jour d'école après des vacances de Noël particulièrement géniales, mais je m'en fichais. J'étais trop énervée pour m'inquiéter de la façon dont j'étais perçue par la personne – euh, le chat – qui m'avait mise en colère pour commencer.

— En plus, vous n'aviez pas parlé d'entrer par effraction dans ma maison. C'est inacceptable.

Il plissa les yeux et grogna, puis se redressa de toute sa hauteur, fier, dévoilant cette petite tache noire sur sa poitrine.

— Je ne suis pas entré par effraction, j'ai simplement utilisé ma magie pour obtenir le droit de pénétrer ici, m'expliqua-t-il de son ton traînant et indolent. Il est six heures du matin, une heure parfaite pour se réveiller et déjeuner avec votre nouveau mentor.

Je le dévisageai, bouche bée. Non seulement il se pointait dans ma chambre à cette heure inconvenante, mais en plus, il s'attendait à ce que je lui prépare à manger? Eh bien, j'espérais qu'il aimait les céréales froides, parce qu'il n'obtiendrait rien d'autre de ma part.

— Attendez-moi en bas, ordonnai-je.

Il ne bougea pas.

— Je suis sérieuse. Je ne porte pas de pantalon et j'ai besoin d'un peu de temps pour être décente.

— Ça n'avait pas trop l'air de vous inquiéter hier soir, rétorqua-t-il sèchement.

Oh, non. Hors de question de me faire traiter de salope par un chat qui parle !

— Sortez d'ici ! criai-je en lui jetant mon oreiller.

Cette fois-ci, au moins, il m'écouta.

— Les autres vont bientôt arriver, donc faites vite, je vous prie, m'informa-t-il en sortant.

— Oh, je vais faire quelque chose, c'est certain, grommelai-je en m'empressant d'attraper le premier pantalon qui me tombait sous la main.

Quand je sortis de ma chambre, j'étais vêtue d'un pantalon de pyjama et d'un débardeur. Je refusais de porter une tenue moins confortable que celle-ci, puisque Grosmatou désapprouvait tout ce que je mettais de toute façon.

Il était assis à la table de la cuisine. Enfin, dessus, plutôt. Il avait été rejoint par une femme à l'allure sévère, que j'avais vue la veille à la réunion. Elle n'avait pas beaucoup parlé à ce moment-là et elle ne me fit pas vraiment bonne impression en cet instant.

— Tawny, déclara Grosmatou d'une voix rauque, je vous présente Greta. Elle va vous aider aujourd'hui dans votre travail.

— Bonjour, Greta, la saluai-je en les dépassant tous les deux pour me diriger vers le frigo.

Même si je n'avais jamais beaucoup de nourriture, je disposais d'une pleine étagère de mes cafés glacés préférés. J'en saisis un, je retirai le bouchon et j'en avalai une longue gorgée revigorante. C'était le meilleur moment de ma matinée, surtout avec ma douche toujours kaput.

J'abaissai la bouteille et découvris que mes deux invités indésirables me dévisageaient ouvertement.

— Greta est notre agente de liaison avec les écoles de la région, m'expliqua le chat. Elle veille à nos intérêts en matière d'éducation publique, un peu comme Barnes au niveau des forces de police.

— Compris, acquiesçai-je.

Hmm. Pourquoi Greta avait-elle droit à son prénom alors que Grosmatou appelait toujours Parker par son nom de famille ?

Plutôt que de répondre à ma question non formulée, mon nouveau patron enchaîna :

— Comme vous l'avez très bien déduit vous-même, j'en suis sûr, elle est la personne parfaite pour entamer votre éducation à la magie.

Greta tambourina sur la table et me lança un sourire.

— On commence ?

— Le petit-déjeuner d'abord, intervint Grosmatou.

Il eut même l'audace de se lécher les babines.

— Je n'ai pas eu le temps de manger avant de venir ici.

Vous auriez pu vous pointer plus tard, pensai-je. *Beaucoup plus tard.*

— Le petit-déj, alors. Qu'est-ce que les chats magiques aiment manger ?

Grosmatou et Greta échangèrent un regard amusé.

— Tous les chats sont magiques, me dit-elle en pouffant. C'est les gens qui ne le sont pas.

Sans tenir compte de l'insinuation selon laquelle j'aurais déjà dû connaître tous les tenants et les aboutissants de leur étrange monde secret, j'allai dans le vif du sujet.

— Et donc ? Vous voulez du thon en boîte, ou quoi ?

— Hé ! Ce stéréotype est offensant ! feula le chat noir. J'aimerais mieux un bon steak.

— Je n'en ai pas.

Même si ça avait été le cas, je n'aurais pas été d'humeur à en préparer de bon matin pour un chat autoritaire, surtout que je n'en achetais toujours que pour une seule personne – à savoir moi.

— Je ne suis même pas sûre d'avoir du thon, d'ailleurs. Un bol de lait ?

Il s'allongea sur le flanc avec un soupir, perdant ses fins poils noirs partout sur ma table de cuisine autrefois propre.

— Je vais devoir faire avec, j'imagine, même si vous devez savoir que je suis intolérant au lactose. Cela dit, j'ai droit à un petit plaisir après...

Il me détailla de haut en bas.

— ... tout le stress que j'ai subi ces derniers temps. La prochaine fois, en revanche, j'espère que vous serez mieux préparée.

Manifestement, il connaissait l'adage selon lequel à cheval donné, on ne regardait pas les dents. Il avait de la chance que ce soit un boulot impossible à quitter et que l'attrait de la magie suffise à me faire ravaler ma fierté et à lui verser les dernières gouttes de ma bouteille de lait écrémé dans un bol.

Je mangeai mes céréales sans lait, donc.

Quelle belle façon d'entamer la journée !

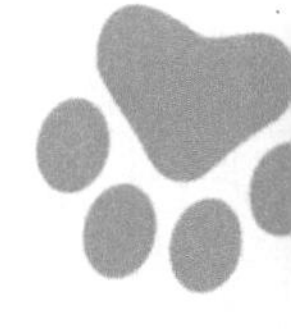

12

près un petit-déjeuner très rapide, et en même temps très gênant, Grosmatou s'en alla, me laissant seule avec Greta.

— Alors comme ça, tu veux apprendre comment devenir la sorcière communale? me demanda-t-elle en haussant un sourcil dont les poils étaient si clairs qu'ils en étaient presque translucides.

Quelque chose clochait chez elle, mais je n'arrivais pas à mettre le doigt dessus.

Me rendant compte que je la dévisageais, je me forçai à baisser les yeux.

— Je ne le veux pas vraiment. On m'en a plutôt donné l'ordre.

Elle éclata de rire, et ce fut comme un tintement de clochettes.

— Ah, cette bonne vieille PTA! Personne n'y postule, et pourtant tout le monde y trouve du boulot.

L'acronyme me retourna le ventre. Je m'étais déjà brûlé les ailes à cause d'une PTA avant, et bien que ces trois lettres représentent une organisation tout à fait différente cette fois-ci, une nouvelle vague d'indignation monta en moi.

Greta m'observa d'une telle manière que j'en vins à me demander si lire dans les pensées figurait parmi ses dons. Je m'apprêtais à lui poser la question quand elle se racla la gorge.

— Commençons par le début, d'accord? Tu sais ce qu'est la sorcière communale?

Je secouai la tête.

— Tout ce que je sais, c'est que cette ville est liée à de la magie et que Lila Haberdash occupait ce poste avant que quelqu'un n'entre en douce dans sa maison pour la tuer.

Greta grimaça. Son teint pâle rosit, rendant ses cheveux blond presque blanc encore plus visibles.

— Oui, tout ceci est vrai.

— Attends. Ça a été officiellement classifié comme meurtre, maintenant?

J'avais été tellement prise par cette histoire de magie que j'avais fait un travail minable au niveau de l'enquête.

— Oh, oui, mais ça, on le savait depuis le début, répondit-elle avec un geste désinvolte de la main. La magie connaît toujours une fin brutale et violente. *Toujours.*

Mon ventre fit un soubresaut à ces mots, menaçant de recracher le délicieux breuvage que je venais de lui confier.

— Comment?

Greta pencha la tête sur un côté.

— Comment quoi? Comment est-elle morte? De cause magique, manifestement.

Oh. Bon, c'était très nébuleux. J'avais beau ne toujours pas m'y connaître en magie, si Grosmatou cherchait des preuves de mon innocence, la cause du meurtre devait suffire.

— Ne t'inquiète pas pour ça, très chère, dit Greta, l'air pincé, en me serrant la main. Lila a vécu une belle vie, avant qu'on la lui enlève. Pour le moment, c'est à ton tour d'endosser la cape de sorcière de Beech Grove, et très vite, ce sera à quelqu'un d'autre.

— Son assassin, tu veux dire?

Elle soupira et me lâcha.

— C'est souvent comme ça que ça se passe, oui.

J'avais un million d'autres questions, mais je sentais que sa patience s'effritait déjà avec moi.

— Bon, qu'est-ce que je dois savoir pour accomplir ce travail ?

Et ne pas me faire tuer, au passage.

Elle m'adressa son premier sourire sincère depuis notre rencontre. Il illumina tout son visage et avec ses cheveux si pâles, il lui donnait une apparence presque angélique.

— Je vais te conduire à ton nouveau bureau et je t'expliquerai certaines choses en chemin.

Elle traversa le salon comme si elle était chez elle et m'ouvrit la porte pour m'inviter à sortir la première.

Avant même que nous ne descendions du porche, je sus que nous allions nous diriger vers la résidence principale de madame Haberdash. Mon nouveau bureau était la scène de crime. *Formidable.*

Greta se plaça à mes côtés et fit des enjambées constantes et gracieuses.

— La sorcière communale agit comme un canal pour la magie naturellement produite à l'intérieur des terres sur lesquelles cette ville a été construite. Elle a donc sa propre magie, mais elle peut aussi puiser dans les réserves de magie qui appartiennent à la ville.

Je dodelinai de la tête comme si tout ceci était

parfaitement sensé. En théorie, ça l'était. En pratique ? C'était une tout autre histoire.

— Qu'est-ce qui pourrait nécessiter d'utiliser la magie de ces terres ?

— Protéger la ville et ses habitants. Tu t'en doutes, c'est un travail très important.

Elle accéléra l'allure, et je n'eus d'autre choix que de trottiner derrière elle pour garder le rythme. Était-ce pour m'empêcher de poser d'autres questions ? Au contraire, son attitude avait pour seul effet d'en soulever d'autres : pourquoi se montrait-elle aussi évasive avec moi ?

À la place, je demandai :

— Si c'est un travail si important, pourquoi avoir choisi de me le confier ? Jusqu'à il y a vingt-quatre heures, je ne savais même pas que la magie existait.

— Oh, je n'ai pas choisi ça, très chère.

Elle eut un petit ricanement de dédain très inélégant et en inadéquation totale avec la grâce qu'elle dégageait.

— Ce n'est le choix de personne. Tu étais juste au bon endroit au bon moment.

— Ou au mauvais, plutôt, marmonnai-je tout haut.

Elle s'immobilisa et se retourna pour m'observer,

comme si elle cherchait un élément qu'elle n'aurait pas remarqué.

— Tu n'auras pas grand-chose à faire, décréta-t-elle après un silence inconfortable pendant lequel elle sembla y avoir réfléchi. En fait, tu n'en seras pas capable, de toute façon.

— Parce que son assassin est déjà parti avec toute la magie de la ville, compris-je.

— Oui, mais il ou elle va revenir. Et très bientôt.

Je la rejoignis et demandai :

— Pourquoi ?

Elle laissa échapper un soupir tremblant.

— Parce que si la magie reste trop longtemps éloignée de sa source, elle disparaîtra et son réceptacle mourra avec elle.

Je frissonnai dans l'air frais du matin. Ça va, les enjeux n'étaient pas trop élevés, au moins…

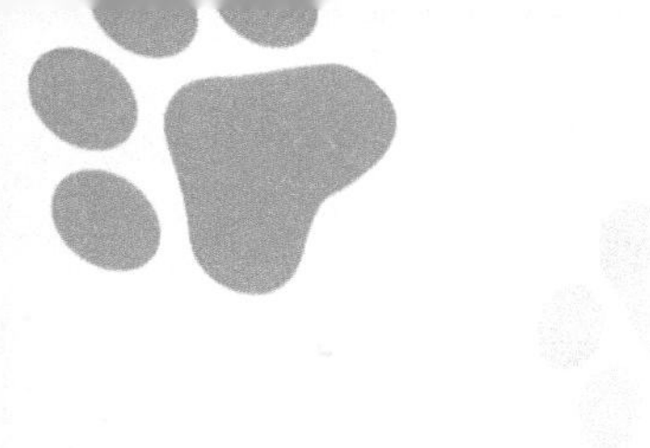

13

ous terminâmes notre promenade jusqu'à la maison de madame Haberdash sans rien ajouter. Tout à coup, mon désir d'en apprendre davantage sur ce tout nouveau monde pâlit face à la certitude que le tueur reviendrait bientôt sur la scène de crime, et que je serais là à l'attendre.

La maison était plongée dans l'obscurité et le silence, comme si une partie d'elle était morte en même temps que sa propriétaire.

— Je suis contente qu'on ne soit que toutes les deux cette fois-ci, déclarai-je en me souvenant de mon étrange conversation avec la jeune femme de la veille.

Je jetai un coup d'œil du côté du vieil arbre haut

dans lequel son chapeau souple s'était coincé et découvris, surprise, que ce dernier avait disparu.

La fille était partie sans, c'était certain, donc elle était revenue. Sans doute en pleine nuit.

— Qu'est-ce que tu veux dire? Tu t'attendais à qui d'autre? répliqua Greta en me dévisageant, toujours très observatrice.

— Oh, je pensais à Parker, répondis-je, préférant ne pas révéler toute ma main.

Elle secoua la tête.

— Il a déjà assez de choses à gérer avec son rôle d'agent de liaison avec les forces de police. Tu as remarqué qu'il n'y avait aucun ruban de scène de crime ici? Lila était l'une des nôtres. Impliquer la police normale ne ferait que ralentir l'inévitable.

— Le retour du tueur, tu veux dire?

Son visage se ferma.

— Quoi? Ah, oui. C'est vrai, c'est ce que je voulais dire.

Hmm hmm... Je commençais à comprendre que je ne pouvais même pas faire confiance à Greta ni la désarçonner autant que je l'aurais voulu. Cela dit, je n'avais qu'elle sous la main pour le moment. J'allais apprendre d'elle tout ce que je pouvais, puis j'allais demander confirmation à Parker plus tard, ou même à Grosmatou.

Greta me lança un sourire, mais je voyais bien qu'il n'était pas sincère.

— Rien ne vaut l'instant présent. Mettons-nous au travail.

Elle fit un grand geste vers le haut, et la porte d'entrée s'ouvrit.

La première chose que je remarquai, c'était que le corps de madame Haberdash avait été récupéré. La grande entrée était vide. Pourtant, quelque chose frémissait dans l'air, presque comme un mirage. Comme si la maison elle-même attendait quelque chose. Moi, peut-être?

J'y pénétrai et je sentis son énergie m'envelopper comme un bain chaud. D'accord, je préférais les douches, mais cette sensation nouvelle me détendit. J'avais presque l'impression de flotter. C'était idiot, puisque j'avais les deux pieds fermement posés sur le parquet. Rien n'avait l'air d'avoir changé. C'était *moi* qui me sentais différente.

Greta me tourna autour lentement en marmonnant des mots trop bas pour que je puisse les comprendre. Elle s'arrêta soudain devant moi et m'attrapa par les poignets, me tenant à l'endroit où palpitait mon pouls.

— Elle t'appelle, n'est-ce pas?

J'acquiesçai. Quel intérêt de nier?

— Alors, la première partie était plus facile que nous nous y attendions. La ville t'a déjà acceptée comme hôte de sa magie.

— Mais c'est censé être temporaire, répliquai-je, incapable de détacher les yeux de son regard intense et foudroyant.

— C'était le plan initial, oui, mais nous devons aussi écouter les désirs de la terre.

— Et c'est moi qu'elle veut? m'étonnai-je d'une voix suraiguë.

— C'est ce qu'on dirait, oui.

— Sauf que sa magie se trouve avec le meurtrier de madame Haberdash, constatai-je sans cligner des paupières, de crainte de perdre le contact visuel.

Je n'aimais pas la tournure que ça prenait. C'était même pire que le contrôle de l'esprit que Grosmatou et Parker avaient tous les deux exercé sur moi. Je pouvais échapper à une personne, mais que se passerait-il si la terre elle-même décidait de m'influencer? Mon seul espoir serait alors de m'enfuir loin de la ville, de laquelle, même si je n'y avais aucune racine, il me serait difficile de m'échapper.

— Pour l'instant. Il y a des solutions pour ça, bien sûr.

— Tu ne penses pas...

— À ce que tu tues l'assassin et réclames la magie ? compléta-t-elle avec un sourire narquois.

Je déglutis avec peine et j'opinai. Elle s'attendait vraiment à ce que j'ôte la vie à quelqu'un dans le cadre d'un stupide travail d'intérim ? La magie, c'était cool et tout, mais pas assez pour me pousser à modifier mes convictions les plus profondes. Le meurtre, c'était mal. Ça aurait dû être une évidence.

Greta croisa les bras et se balança d'un pied sur l'autre.

— Bien sûr que c'est ce que je sous-entendais.

— Je ne tuerai personne, rétorquai-je, en pure perte.

Après tout, Greta ou l'un des autres pouvait sans doute m'y forcer en contrôlant mon esprit.

— C'est ce qu'on verra, me dit ma supposée mentore en partant d'un rire léger.

Un poids me plomba l'estomac, et il alla s'écrouler au sol juste à côté de l'endroit où s'était trouvé le corps sans vie de madame Haberdash moins de vingt-quatre heures plus tôt.

J'aimais l'idée de la magie, mais en pratique, c'était bien trop difficile à supporter pour moi. Je n'étais pas une sorcière, encore moins une meurtrière.

Que la victime désignée soit ou non coupable

d'un crime terrible, ce n'était pas mon boulot de rendre la justice.

Mais comment pouvais-je quitter la *Paranormal Temp Agency* et reprendre ma vie normale comme si de rien n'était?

Je commençais à avoir le sentiment que la situation était devenue *marche ou crève*.

Que se passerait-il si je refusais les deux options?

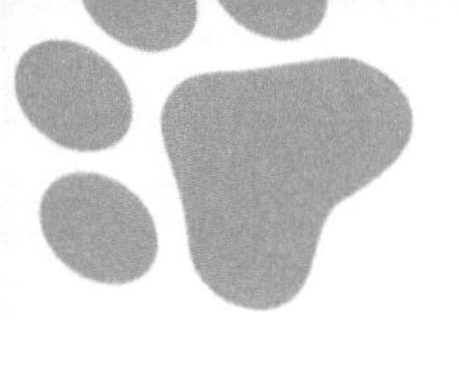

14

Greta me fit visiter la maison, qui tombait en ruine, pour tout dire. Elle me présenta chaque pièce, me décrivant tous les objets présents et leur raison d'être. Ce fut ennuyeux avec un grand E.

Sérieux, en quoi tout ça contribuait à ma formation en magie ? Notre planning était déjà serré, et au lieu de m'apprendre à lancer des sorts ou confectionner des potions, mon mentor désigné venait de passer les dix dernières minutes à me décrire de quelle manière madame Haberdash avait ensorcelé ses chaussettes pour qu'elles soient de trois degrés plus chauds que la température de la pièce. Mais elle ne m'expliqua même pas la magie utilisée pour ce miracle, pensez-vous. Elle s'extasia juste de l'ingénio-sité de l'idée.

Comment tout ceci allait-il m'aider à attraper un tueur ? Chaque fois que je tentais de poser une question plus pertinente, Greta m'ignorait et changeait de sujet. À cette vitesse-là, j'allais peut-être apprendre à réaliser un ourlet à mon pantalon à l'aide de la magie d'ici la fin de la journée, mais rien d'aussi cool que voler ou... je ne sais pas, moi... échapper à un coup mortel, par exemple.

La seule chose qui parvint à retenir mon attention fut le dressing attenant à la chambre. Greta y entra et commença à fouiller la garde-robe de l'ancienne habitante des lieux, m'expliquant à quel type d'activité inhérente au poste de sorcière communale chaque vêtement pouvait être porté.

Argh. Pourquoi avais-je besoin de savoir ça ?

Mes pensées errèrent à nouveau, et je n'écoutai plus la voix nasale de Greta qui devint un bourdonnement à mes oreilles, tandis que j'observais la pièce à la recherche de quelque chose de plus important. Ce fut à ce moment-là que le fantastique chapeau noir posé sur l'étagère supérieure du dressing attira mon attention.

J'interrompis Greta sans scrupule, puisque je ne l'écoutais pas de toute façon.

— Qu'est-ce que c'est que ça ? lui demandai-je en montrant le couvre-chef en velours noir agrémenté d'un ruban en satin violet.

Les yeux de l'autre femme s'illuminèrent quand elle vit l'objet.

— Oh, belle trouvaille. C'est l'objet le plus important de la garde-robe de la sorcière communale, et sans doute son bien le plus précieux. Je n'en reviens pas que le meurtrier l'ait laissé là.

Plutôt que d'attendre de plus amples explications, je saisis le chapeau sur l'étagère et je dépliai le sommet, découvrant qu'il se terminait en une magnifique pointe parfaite.

Une décharge d'énergie me traversa la poitrine, m'illuminant de l'intérieur. Le chapeau me parlait de la seule manière dont il était capable : à travers sa magie. Sans même y réfléchir à deux fois, je le posai sur mes cheveux désormais roses. Au moment précis où il toucha ma tête, une image très nette envahit mon esprit. Je vis madame Haberdash vaquer à ses occupations, relever son courrier – preuve qu'elle avait reçu mes lettres ! –, se diriger vers la cuisine pour préparer le thé et puis...

La bouilloire lui échappa des mains et tomba sur le sol dans un grand fracas et des éclaboussures d'eau chaude partout. Je ne me contentais pas de voir et d'entendre, je sentais aussi la brûlure. Je baissai les yeux, mais ne vis que mes pieds.

— C'est l'heure ? demanda madame Haberdash dans un souffle pendant que j'avais détourné le regard.

Je refermai les paupières pour reporter mon attention sur la scène qui se déroulait dans mon esprit, mais tout ce que je voyais, c'était l'eau sur le sol.

Un poids de plomb me comprima la poitrine, et je peinai à respirer. Je perçus des bruits de pas qui s'approchaient, mais ne pus voir qui se trouvait avec elle... avec moi.

Un coup de vent me balaya, une brise glaciale m'enveloppa. La scène perdit en netteté et...

— Qu'est-ce que tu fais ? s'écria Greta en serrant fermement le chapeau dans sa main manucurée.

Elle me dévisageait avec une expression horrifiée.

— Le chapeau, murmurai-je, essayant toujours de trouver un sens à ce que j'avais vu. Je crois qu'il voulait me montrer ce qui était arrivé à madame Haberdash.

— J'avais dit à Grosmatou que c'était une mauvaise idée, s'énerva-t-elle en remettant le chapeau dans le dressing.

Elle claqua les portes de la pièce, forma un *V* avec

son pouce et son index et les agita en un rapide mouvement de pendule.

— On doit découvrir ce qui s'est passé. Madame Haberdash mérite qu'on lui rende justice.

Je me précipitai vers le dressing et tirai fort sur les portes, mais elles refusèrent de bouger.

— Ce n'est pas ton travail, me réprimanda Greta.

— Mais je suis la nouvelle sorcière communale…

— Tu n'es qu'une intérimaire ! explosa-t-elle en sortant de la pièce à grands pas, me laissant seule. Et je refuse de former quelqu'un ayant si peu de considérations pour…

Je la suivis hors de la pièce, dans le couloir, et jusqu'en haut de l'escalier. Elle était figée, sans bouger ni parler, respirant à peine.

— Qu'est-ce qui se passe ? demandai-je dans un murmure désespéré. Pourquoi tu…

Mais tout à coup, mes jambes furent verrouillées sur place, bloquées comme dans de la glace. Elles n'étaient pas les seules. La seule partie que je pouvais désormais remuer, c'étaient mes yeux. Je les tournai vers l'étage inférieur, et ce fut à ce moment-là que je la vis.

La jeune femme que j'avais rencontrée la veille se tenait au pied des marches, les deux bras levés.

— Encore vous, me dit-elle avec un sourire froid.

Vous auriez dû rester en dehors de ça tant que vous en aviez l'occasion.

Elle avait tout à fait raison.

J'avais envie de demander d'un regard des conseils à Greta, mais je la distinguais à peine du coin de l'œil. J'espérais qu'elle avait un plan, parce que moi, absolument aucun.

15

Je me débattis et je me tortillai, sans parvenir à échapper à la poigne magique de la jeune sorcière. Je tirai si fort sur mes liens invisibles que je transpirais, et pourtant, mes membres ne me récompensèrent même pas de mes efforts par un simple tressautement. Elle exerçait une emprise puissante sur nous, et je n'avais pas le moindre espoir de pouvoir me défendre si cette entrevue devenait violente.

— Melony Haberdash, grogna Greta, parfaitement immobile.

Les dents serrées, elle toisait l'autre femme.

— J'aurais dû deviner que c'était toi.

Le regard cruel de Melony s'adoucit, mais pas sa poigne.

— Juste pour que vous le sachiez, je n'ai rien à voir avec le meurtre de ma grand-tante. Pourquoi l'aurais-je tuée alors que j'étais de toute façon la suivante dans l'ordre de succession pour hériter de son poste ?

Elle s'interrompit un instant, puis me transperça d'un regard à l'intensité renouvelée.

— J'ai découvert cette femme en train de rôder autour de la maison hier, et la revoilà aujourd'hui. Ça n'a pas l'air d'une coïncidence, pour moi. N'est-ce pas ?

Greta répondit d'une voix étranglée.

— Non, tu te trompes. Ce n'est que l'intérimaire.

— Ha ! J'ai l'impression que tu es entrée dans son jeu. D'abord, elle vole la magie et ensuite, elle obtient une formation gratuite de la part du conseil, en jouant les innocentes. C'est plutôt brillant, à vrai dire. Je devrais peut-être prendre des notes.

Greta continuait à s'agiter à mes côtés. Un bref mouvement en dessous de ses hanches m'indiqua qu'elle reprenait le contrôle de ses doigts, mais pas encore de toute sa main.

— C'est une normale, je t'assure. J'ai eu des soupçons, moi aussi, au début, mais elle ne sait vraiment rien du tout. Elle a failli se faire tuer à l'instant en se repassant le meurtre dans sa tête.

Mon cœur cessa presque de battre à cette révélation. *J'ai failli mourir?* Rien qu'en enfilant ce chapeau de sorcière? *Houlà.* Cela signifiait que Greta m'avait sauvée de ma curiosité. Au début, j'avais cru qu'elle avait coupé court à la scène pour ne pas que je découvre que c'était elle, l'assassin, mais il semblerait à présent qu'elle ait choisi de me protéger. Était-ce pour cette raison qu'elle avait gâché notre temps avec des broutilles plutôt que de me fournir un véritable entraînement?

Quelles qu'aient été ses raisons pour préserver mon innocence, j'aurais eu bien besoin de quelques capacités magiques en cet instant.

Je n'avais que mon instinct, comme Grosmatou l'avait souligné la veille, mais Melony nous avait piégées sans que nous ne nous en rendions compte. Ni Greta ni moi n'avions eu l'opportunité de réagir avant de tomber sous son envoûtement.

Cela me laissait la seule chose que j'avais toujours possédée, bien avant d'être douée de magie. *Mes mots.*

L'heure était venue de me défendre. Si je pouvais convaincre Melony que je ne représentais aucune menace, peut-être qu'elle me laisserait partir.

— Je n'ai pas tué madame Haberdash, m'écriai-je, les dents serrées. Je n'ai jamais tué personne. Je ne devrais même pas être là. Ce ne sont clairement pas mes affaires. Je n'ai jamais demandé à être transformée en sorcière. J'écris des livres, moi, c'est tout !

Melony me dévisagea, me jaugeant comme Greta l'avait fait un peu plus tôt. Elle dut trouver ce qu'elle cherchait en moi, parce que quelques secondes plus tard, l'étau magique se desserra d'un coup et je tombai au sol.

— Où est le chapeau de ma tante ? me demanda la jeune sorcière tandis que je me relevais.

Je me tournai vers la pièce que nous venions de quitter.

— Je vais aller vous le…

— Non ! s'exclama Greta, mais il était trop tard.

Melony avait déjà monté l'escalier quatre à quatre et elle pénétrait dans la chambre de sa tante.

— Qu'est-ce que tu as fait ? marmonna Greta, toujours attachée par la magie de la jeune femme.

— Mais elle a dit qu'elle n'avait pas…

Ma voix mourut sur mes lèvres. Pourquoi l'avais-je crue alors que c'était elle qui avait le plus à gagner dans le décès prématuré de sa tante ?

— Ce n'est pas elle, la tueuse, admit Greta en tournant très légèrement la tête dans ma direction pour me regarder.

Le sort fondait peu à peu. Cependant, Greta

serait-elle libérée à temps pour empêcher Melony de partir ?

Elle grogna sous l'effort qu'elle fournissait pour rompre le charme et ajouta :

— Je sais qu'elle nous a dit la vérité à l'instant, mais...

— Oui ! s'exclama la jeune femme depuis l'autre pièce, coupant Greta en pleine phrase. Je te tiens.

— Hé ! Qu'est-ce que vous avez vu ? Vous savez qui a fait ça ? lui demandai-je alors qu'elle descendait l'escalier en vitesse, en serrant le vieux chapeau contre sa poitrine, sans nous jeter un seul regard.

J'aurais peut-être dû continuer à jouer les imbéciles, mais si elle avait dit la vérité un peu plus tôt, sans doute recommencerait-elle à cet instant. La persuasion verbale était ma seule option, puisque je ne savais pas comment faire appel à ma toute nouvelle magie sur commande.

Melony nous ignora toutes les deux, ouvrit la porte d'entrée et se précipita à l'extérieur. Dès que la porte claqua derrière elle, Greta fut libérée de son emprise.

Elle tomba au sol, faible et essoufflée.

— Que s'est-il passé ? lui demandai-je en l'aidant à se relever.

Le regard dans le vague, elle répondit :

— Elle s'est servie du chapeau pour revoir la scène du meurtre, comme tu l'as fait, mais comme c'est une sorcière plus expérimentée, elle sait comment manipuler les souvenirs afin qu'ils ne constituent pas une menace pour elle.

— Elle a vu le meurtrier, compris-je en inspirant vivement.

Greta hocha docilement la tête.

— Oui, et elle est partie le tuer pour reprendre la magie communale.

C'était ma faute. J'avais trouvé le chapeau, puis j'avais mené Melony droit à lui. Je ne savais toujours pas qui avait tué madame Haberdash, mais j'allais être responsable de la fin prématurée de cette personne. Et du transfert de la plus forte magie de la région vers l'adolescente timbrée qui n'allait pas s'en servir pour améliorer la vie de ses administrés, j'en étais sûre.

Gloups.

16

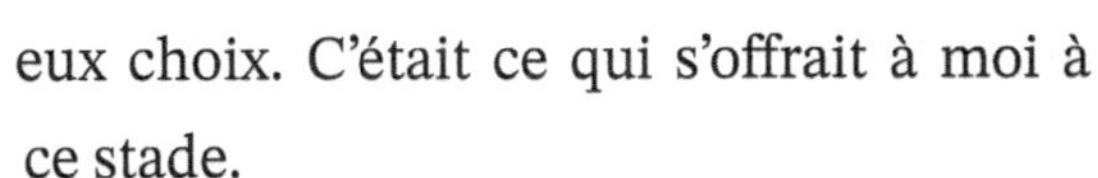

Deux choix. C'était ce qui s'offrait à moi à ce stade.

Je pouvais me mettre au travail pour aider Greta, Parker, Grosmatou et toute l'équipe à trouver, et sauver, le meurtrier. Mais une fois que nous l'aurions sauvé, qui qu'il ou elle soit, voudraient-ils que je le tue pour eux?

Je n'étais toujours pas certaine de ce qu'ils attendaient de moi. La magie était étrange, et pourtant, les règles la gouvernant l'étaient encore plus. Elles me donnaient aussi l'impression de changer en fonction de la personne à laquelle je m'adressais. Greta voulait que je reste à ce poste pour toujours, mais qu'en pensait Grosmatou? Et Parker? S'attendaient-ils à ce que je commette un meurtre pour eux? Si je restais inébranlable dans mon refus, me forceraient-ils à obéir?

Ce qui m'amenait à l'option numéro deux. Je pouvais me tirer d'ici et faire comme si rien de tout ceci n'était arrivé.

— Bon, eh bien, bonne chance pour la suite! criai-je à Greta avant de descendre l'escalier aussi vite que mes jambes le pouvaient.

Quoi? Je n'avais pas survécu trente-cinq années sur cette planète sans instinct de survie. Tous les autres joueurs possédaient de la magie. De la *vraie* magie!

Oui, ils m'en avaient donné une dose temporairement, mais je ne m'y connaissais vraiment pas assez pour pouvoir me protéger. En plus, Melony était déjà partie éliminer le tueur et récupérer la magie volée de sa tante. Ils n'avaient plus besoin de moi pour prendre l'intérim, et ils avaient encore moins besoin de moi comme tueuse à gages. Trop de choses pouvaient tourner mal, et je refusais de mettre en péril ma vie et mon avenir.

Cela dit, si je ne les aidais pas, ce que je n'avais pas l'intention de faire, ma vie serait toujours suspendue à un fil. Quoi qu'il advienne, je vivrais quand même dans le jardin d'une meurtrière, à savoir Melony.

Ce ne serait pas terrible. *Hmm.*

Je parcourus mes différentes options en vitesse tout en rejoignant en courant le *cottage* qui me servait de maison. Tout bien considéré, mes chaussures de course portaient enfin bien leur nom.

Le temps que j'arrive à la porte, j'avais pris une décision. Il était temps que je consulte les petites annonces sur Internet et que je déménage le plus loin possible d'ici. Et le plus tôt serait le mieux, pour tout dire. J'allais juste allumer mon ordinateur et...

Et rien, ou en tout cas pas tout de suite.

Il semblerait que j'aie un invité.

— J'ai entendu dire que les ennuis se préparent, déclara monsieur Grosmatou depuis son perchoir sur le sommet de mon canapé, les pattes gracieusement croisées.

Je lui lançai un regard soupçonneux.

— Oui, ça a commencé il y a cinq minutes à peine. Comment avez-vous fait pour arriver si vite ? Vous vous êtes téléporté, ou quoi ?

Il leva la tête et s'esclaffa.

— Bien sûr que non. J'ai *volé*.

— Oui, c'est ça, parce que c'est tellement plus logique.

Le chat noir ne bougea pas et m'observa de près.

Je soupirai, sachant que si je ne disais rien très

vite, il allait énumérer toute une liste d'exigences. Je ne voulais toujours pas de ce stupide travail temporaire, et je n'étais pas franchement d'humeur à jouer les hôtesses aimables.

— Qu'est-ce que vous faites là? lui demandai-je, renfrognée. Vous n'avez plus besoin de moi.

Grosmatou se leva et s'étira, faisant le dos rond comme les chats à Halloween ou un yogi talentueux. Les deux, peut-être.

— Au contraire, nous avons plus que jamais besoin de vous. Venez avec moi.

— Je suis désolée, mais tout ça, c'est un peu trop pour moi. J'aimerais mieux ne pas mourir aujourd'-hui. Ou n'importe quel jour, d'ailleurs. Mais spéciale-ment pas aujourd'hui. Merci.

— Alors, il est impératif que vous restiez sous ma protection, et je ne peux pas garder un œil sur vous si vous fuyez. Bien, pouvons-nous y aller?

Merde. Il marquait un point.

Je fis rouler mes épaules, ce qui ne les débarrassa pas de leur tension.

— Pourquoi suis-je mêlée à ça? Pourquoi avez-vous besoin de moi?

— Vous voulez peut-être vous asseoir? répliqua-t-il lentement, presque avec compassion.

Je m'affalai sur le canapé, et il vint s'installer sur mes genoux.

— Maintenant, caressez-moi, m'ordonna-t-il en verrouillant ses yeux dorés brillants sur moi.

Je savais que caresser un animal était soi-disant bon pour notre pression artérielle, mais il faudrait bien plus pour me calmer.

Donc, je refusai.

— Non, merci, je vais bien.

— Caressez-moi! s'exclama-t-il sur un ton qui n'admettait aucun refus.

Même s'il ne m'avait pas forcée à l'aide de ses pouvoirs, je m'exécutai. Il était plus facile de faire ce qu'il voulait; je pouvais reprendre ma vie normale plus tard. Ma vie ennuyeuse, mais heureuse, pile ce dont j'avais besoin.

Dès que mes doigts se posèrent sur ses poils noirs soyeux, une nouvelle vision envahit mon esprit. C'était comme celle que j'avais expérimentée avec le chapeau, mais en plus vivace, sans doute parce qu'elle était projetée par un être vivant et non un objet inanimé.

Grosmatou ronronna tout bas, mais n'interrompit pas mon exploration de ses souvenirs.

Le souffle coupé, j'écartai vivement ma main,

mettant fin à la vision. J'en avais déjà vu plus qu'assez. À ma grande surprise, il venait de me révéler la réponse à laquelle je ne m'attendais pas, mais que je ne pouvais pas non plus contester après en avoir été témoin.

— C'est vous qui l'avez fait, commentai-je, la voix étouffée, en l'éloignant de mes genoux pour pouvoir me lever. Vous avez ordonné l'assassinat de madame Haberdash.

Pourquoi me le disait-il maintenant? Pourquoi pas plus tôt? Était-ce le moment où, tel un vilain dans James Bond, il dévoilait toute la beauté de son plan avant d'éliminer sa victime?

Et où m'inscrivais-je dans tout ça?

Était-ce juste un coup de mauvais bol ou bien se tramait-il quelque chose de plus important?

Je n'avais pas envie de le savoir, mais je devais le découvrir.

La connaissance, c'est le pouvoir, et c'était sans doute la seule chose qui pouvait me sauver à présent.

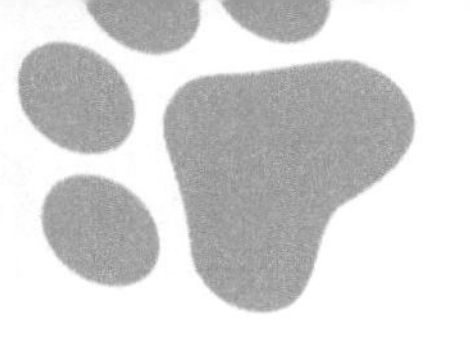
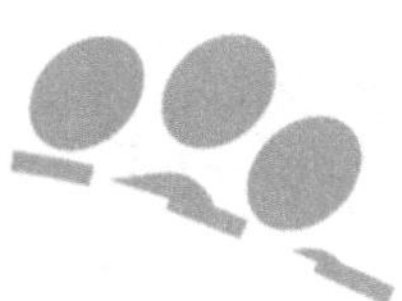

17

Je pointai Grosmatou d'un doigt tremblant. Il était toujours assis sur le canapé devant moi.

— Vous avez tué ma propriétaire. Elle était votre... votre collègue, voire votre amie. Pourquoi devrais-je écouter ce que vous voulez me dire ? Et pourquoi devrais-je vous aider ?

— Je ne l'ai pas tuée, répliqua-t-il de son étrange timbre dépourvu de souffle, me regardant sans sourciller, avec calme.

Moi, en revanche, je continuai à crier.

— Mais vous avez engagé le tueur. C'est comme si vous l'aviez fait vous-même.

Il se leva et s'étira.

— Je n'ai pas le temps d'en débattre avec vous,

Tawny, alors je vais aller droit au but. Souhaitez-vous que d'autres personnes meurent, ou non ?

Honnêtement, j'avais envie que tout ça disparaisse, mais malgré toute la magie impliquée dans cette situation, ça ne me paraissait pas possible.

— Je ne sais toujours pas pourquoi j'ai été mêlée à ça. Vous ne pouvez pas partir et me laisser tranquille ?

— Nous n'avions pas l'intention d'impliquer qui que ce soit en dehors du conseil, admit-il en secouant tristement la tête. Mais vous avez trouvé le corps de Lila, donc nous n'avions pas d'autre choix.

— Vous saviez que je ne l'avais pas tuée. Depuis le début, vous le saviez ! balbutiai-je en postillonnant. Et puisque c'est vous qui avez donné l'ordre de l'éliminer, je suis prête à parier que vous connaissez le véritable assassin, aussi. Alors, pourquoi m'engager comme intérimaire ? Pourquoi m'avoir donné de la magie ?

— Nous vous avons embarquée pour vous protéger. Tout le reste était une ruse pour tromper toute personne qui viendrait renifler autour du cadavre de Lila dans l'espoir de récolter sa magie. Et, vous voyez, c'est précisément ce qui s'est passé. Vous auriez été une cible, dans tous les cas, puisque vous êtes apparue hier matin.

— C'est vous qui avez fait de moi une cible !

Je n'arrivais pas à dépasser ce point. Même si j'étais tombée par accident sur la scène de crime, il devait exister d'innombrables moyens de me protéger. Me donner de la magie me paraissait assez extrême, d'autant plus qu'ils n'avaient pas fait beaucoup d'efforts pour m'apprendre à m'en servir. Quel était l'intérêt de tout ça ?

— Vous étiez déjà une cible, cria à son tour Grosmatou, perdant son calme pour la première fois depuis le début de cette conversation. Jouer le jeu nous a fait gagner du temps, mais ce temps est à présent écoulé. Nous n'avons pas le temps de nous disputer. Nous devons agir tant que nous le pouvons encore !

— Je ne comprends pas. Si Melony n'en a pas après vous ou moi, alors qui pourchasse-t-elle ?

— Le véritable assassin, la personne qui a absorbé la magie communale. Elle la veut pour elle toute seule, par tous les moyens. Nous devons le rejoindre avant que Melony n'arrive.

— Rejoindre qui ? demandai-je sur un ton péremptoire en tapant du pied.

Plus Grosmatou donnait d'explications, moins je comprenais.

— Qui devons-nous sauver très vite ?

— La personne qui a tué Lila Haberdash. Barnes.

Mon esprit explosa à ce moment-là. Grosmatou avait ordonné à Parker de tuer ma propriétaire ? J'avais vraiment envie de savoir pourquoi, mais je le croyais aussi quand il me disait que notre temps était compté.

Ce qui ne m'empêcha pas de demander :

— Parker l'a tuée ? Pourquoi ? Pourquoi faire ça ?

Ma voix tremblait tandis que je prononçais ces mots à voix haute.

— Parce que c'était ce que Lila voulait.

Sa poitrine se souleva difficilement sous le poids de cette révélation, et la petite tache blanche gonfla au milieu de la masse de poils noirs.

Je haussai un sourcil. Je croyais ce qu'il me disait, mais ça ne signifiait pas que je comprenais. Je doutais de tout saisir, même en posant des tas de questions.

— Elle voulait que quelqu'un la tue ?

— Oui, et elle avait confiance en nous pour faire les choses comme il faut.

Il bondit du canapé et atterrit à mes pieds.

— Ça n'a aucun sens !

Il me fixa de ses yeux dorés lumineux qui semblaient lire en moi.

— Pourriez-vous juste me faire confiance ? Nous avons déjà perdu assez de temps. Souhaitez-vous sauver Barnes, oui ou non ?

J'avais vu le regard de Melony quand elle nous avait questionnées, Greta et moi, puis quand elle avait filé hors de la maison avec le chapeau enchanté. Elle avait soif de sang. *Soif du sang de Parker.*

Je savais aussi au fond de moi que ce dernier était un type bien. Il avait été gentil avec moi et semblait vouloir sérieusement m'aider. Même si c'était lui qui m'avait mêlée à ces histoires magiques – et je lui en voulais pour ça, d'ailleurs –, il ne méritait pas pour autant de mourir.

— Mais comment puis-je vous aider ? Je ne suis qu'une humaine, grommelai-je, me sentant inutile.

Les yeux de Grosmatou pétillèrent.

— Oh, mais vous avez de la magie, maintenant. Alors, ça vous tente ? De rejoindre les gentils ?

Eh bien, avais-je le choix ? Les enjeux étaient bien plus élevés maintenant que quelqu'un que je connaissais et appréciais était en danger. Je soupirai et hochai la tête.

— Si vous êtes certain d'avoir besoin de moi et de pouvoir me protéger, j'en suis.

— Génial. Nous avons déjà perdu trop de temps à mon goût, mais par chance, Melony n'est qu'une sorcière de bas niveau. Elle devra emprunter les moyens traditionnels pour voyager, donc nous pouvons toujours arriver à destination avant elle. Suivez-moi.

Il courut vers la porte et la franchit.

Je le suivis en me demandant si j'étais folle d'avoir accepté de l'aider en disposant de si peu d'informations.

— Attrapez ma queue, cria Grosmatou, la tête tournée vers le ciel encore paré de ses couleurs matinales.

Je m'accroupis, fermai les yeux et m'accrochai à l'appendice comme si ma vie en dépendait. La douce queue duveteuse durcit dans ma main et commença à grossir. Lorsque je rouvris les yeux, je vis que je ne tenais plus une queue, mais plutôt un manche à balai, et que je ne me trouvais plus dans mon jardin.

Je volais.

18

La vitesse du vent faisait claquer le bas de mon pantalon de pyjama contre mes chevilles. Rectification, c'était ma vitesse sur ce balai que j'avais réussi à invoquer à partir de la queue de mon escorte féline douée de parole.

Grosmatou volait sans effort à mes côtés. Il parcourait le ciel comme une flèche, le corps tendu comme s'il était en plein saut.

Voilà où nous en étions, à courir après le temps pour empêcher un assassin de se faire assassiner, puisqu'il avait visiblement tué pour de bonnes raisons tandis que son futur assassin voulait le tuer pour les mauvaises.

Oui, moi aussi j'étais perdue.

J'étais également contrariée, et pas qu'un peu,

d'être mal fagotée pour cette confrontation capitale. Je n'avais plus le temps de m'en inquiéter cependant, puisque Grosmatou et moi arrivâmes à destination deux minutes après notre départ.

Je reconnus le bâtiment, après mes deux visites. C'était un bon point de départ, mais Parker serait-il là ? Il m'avait expliqué qu'il exerçait un véritable emploi de policier, donc il ne passait sans doute pas ses journées à attendre près du quartier général de la Paranormal que son patron de chat ait besoin de lui.

Bon sang, il était même possible que Melony l'ait déjà trouvé.

Monsieur Grosmatou marmonna quelque chose tout bas, et le toit vitré de la salle de réunion s'ouvrit comme une fleur en pleine expansion. Des tourbillons de magie rose brillante nous enveloppèrent alors que le bâtiment nous aspirait comme une plante attrape-mouche.

Mon balai disparut et je titubai vers le sol. Puis le truc rose me rattrapa et me guida gentiment vers l'une des nombreuses chaises autour de la table. Cette sensation était similaire à celle que j'avais éprouvée chez madame Haberdash, quand j'avais eu l'impression de flotter dans un bain à la température parfaite. Le rose palpitait gentiment, me calmant et me réconfortant, me procurant un léger massage.

Grosmatou atterrit devant moi en un geste plein de grâce et parfaitement exécuté qui lui ressemblait bien. La magie rose s'écarta pour lui ouvrir un passage, au lieu de l'entraîner vers l'avant comme elle l'avait fait avec moi.

— Je sollicite par la présente une réunion du conseil, déclara-t-il.

Ses mots résonnèrent à travers la pièce.

— Tous les agents de liaison sont attendus.

La magie rose forma une boule et bondit à travers le toit ouvert.

— Que... Qu'est-ce qui se passe? Où est P... Parker? balbutiai-je.

Je ressentais l'absence de cette magie atmosphérique, bien que je n'aie éprouvé ses effets que quelques secondes.

Grosmatou faisait les cent pas sur la table, agité.

— Il est en chemin, tout comme les autres. Je convoque rarement une réunion d'urgence, mais quand c'est le cas, ils n'ont pas le choix, ils doivent venir immédiatement.

— C'est quoi ce machin rose brillant? demandai-je en observant la magie en question qui se tordait et dansait juste au-dessus du plafond ouvert. Je ne l'avais pas vue, hier.

— Vous étiez une normale quand vous êtes venue

dans la salle du conseil. Elle était là, mais vous ne pouviez pas la voir. Elle est toujours là, ajouta-t-il, distrait, en continuant ses déambulations sur la table.

— Qu'est-ce c'est? insistai-je, autant par envie de savoir que parce que je voulais qu'il continue de parler afin de me préserver de mes propres pensées et inquiétudes.

— Ce n'est qu'un petit morceau de la magie la plus concentrée et la plus puissante de la Terre, prélevée directement en son cœur. Chacune de nos agences à travers le monde s'est vue attribuer une partie de cette magie pour nous garder connectés à l'ensemble. Cela permet de stabiliser l'équilibre au sein de chaque région et d'éviter que l'un des centres ne récupère trop de pouvoir.

Il parlait avec tant de fluidité et d'éloquence que je me demandais s'il citait quelque chose ou quelqu'un mot pour mot.

— Comment ça fonctionne?

Aller. Retour. Aller. Retour.

Ma peur ne cessait de croître, surtout en voyant Grosmatou aussi agité.

Il effectua de nouveaux cercles sur la table, puis se plaça devant moi.

— En éveillant la fameuse intuition des humains sans magie et en les incitant à se comporter d'une manière qui soit bonne pour l'humanité dans son ensemble, même s'ils pensent agir en fonction de désirs égoïstes.

— Euh, c'est un peu trop pour moi. Je commençais à peine à me faire à l'idée que j'étais la sorcière communale, et maintenant, vous voulez que j'accepte le fait qu'il existe une source vivante de magie qui équilibre toute l'humanité?

Il haussa les épaules.

— C'est vous qui avez posé la question. Je me suis contenté d'y répondre.

— Pourquoi est-ce que je suis là?

— Parce que la magie vous a choisie. C'est pour cette raison que vous avez découvert le corps de Lila, croisé Barnes et aussi que vous étiez présente quand Melony est venue réclamer le chapeau.

— Je ne suis personne. Je n'ai rien de spécial.

Il hocha la tête.

— J'aurais tendance à être d'accord avec vous, mais la magie a toujours raison.

Je croisai les bras.

— Si la magie est toute puissante, comment se fait-il que des choses horribles se produisent chaque jour? Des gens sont assassinés, vous le savez aussi bien que moi. Des enfants sont enlevés à leurs parents, les guerres tuent des millions de gens. Pourquoi la magie n'empêche-t-elle pas tout ça ?

— L'équilibre inclut l'obscurité et la lumière, le bon et le mauvais. C'est difficile à comprendre pour les non-initiés. Malgré tout, elle vous a choisie pour jouer un rôle significatif dans ce qui va advenir.

— Parce qu'il y a des prophéties, en plus, maintenant ? m'exclamai-je, couverte de chair de poule.

Les yeux du chat s'illuminèrent, mais il détourna très vite le regard, observant un point au-dessus de mon épaule gauche.

— Non, non. Je n'ai aucune idée de ce qui va se passer ensuite, mais quoi que ce soit, vous serez une actrice majeure.

Je me mordis la lèvre, méditant ses paroles. Une partie de moi voulait m'énerver contre lui pour m'avoir impliquée dans cette agence sans m'expliquer quoi que ce soit de façon compréhensible, mais une autre très grande partie de moi comprenait que je n'aurais jamais accepté d'être mêlée à tout ça s'il m'avait révélé avant une seule des idées folles qu'il m'avait confiées ces dernières minutes.

— Et si je n'étais pas assez bien pour ça ? Pas suffisante ?

Ce n'était pas seulement ma plus grande inquiétude actuelle. C'était ma plus grande peur dans la vie.

Je n'avais pas suffi à mon ex-mari. Mon rythme de production de livres n'était pas assez bien aux yeux de mon agent littéraire. Avec tous ces échecs à mon actif, pouvais-je être assez bien, *suffisante*, pour quelque chose d'aussi important ?

Grosmatou me fixa du regard sans ciller.

— Oh, mais Tawny, vous l'êtes déjà.

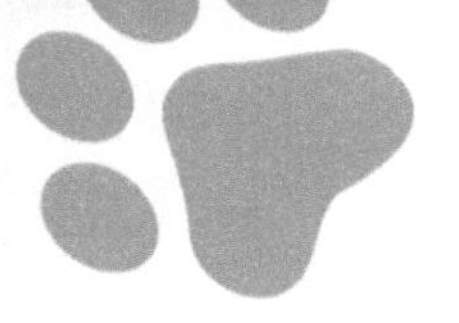

19 

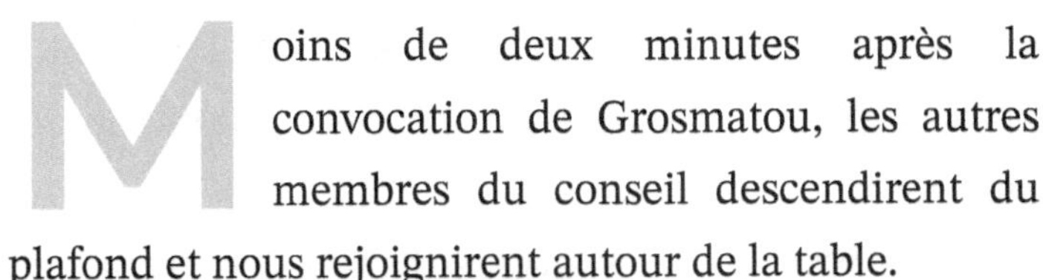

Moins de deux minutes après la convocation de Grosmatou, les autres membres du conseil descendirent du plafond et nous rejoignirent autour de la table.

Greta fut la première à arriver.

— J'ai mis en place les meilleures protections que je pouvais sur la maison pour renforcer celles qui étaient déjà présentes. Les sorts de Lila s'estompent vite, maintenant que plus personne n'y habite, nous informa-t-elle avant même d'atterrir.

Le suivant fut le vieil homme en costume.

— Tu m'as fait quitter un cortège très important, tu sais.

— Ça attendra, grogna le patron. La situation

actuelle va affecter la région tout entière et concerner tous les départements.

Le vieil homme cilla et resta bouche bée.

— Tous?

Grosmatou hocha solennellement la tête tandis que deux nouveaux agents de liaison descendaient du ciel pour s'asseoir à leurs sièges.

— Commençons.

— Quoi? Où est Parker? m'exclamai-je, la gorge nouée, en cherchant sa silhouette familière dans le ciel. Pourquoi il n'est pas encore là?

— S'il peut, il nous rejoindra, déclara Greta assise à côté de moi en me serrant la main sous la table.

Si? Grosmatou n'avait pas dit que leur présence était obligatoire? Greta sous-entendait-elle qu'il était déjà mort ou blessé?

Je m'accrochai à sa main, ayant besoin de ce maigre réconfort.

— La réunion commence maintenant.

Grosmatou reprit ses va-et-vient sur la table. Mais comme un général, cette fois-ci.

— Tout d'abord, je tiens à m'excuser d'avoir agi sans que tout le conseil ne soit au courant, surtout maintenant que je vois que mes actions rapides n'ont pas eu d'effet positif sur le résultat.

Il s'interrompit, mais personne ne combla le silence. Nous attendions tous.

— Lila Haberdash était compromise, révéla le chat. Alors, elle m'a demandé d'orchestrer sa mort afin que nous puissions contrôler la transmission de la magie communale à son nouvel hôte.

Des exclamations s'élevèrent dans la pièce. Seule Greta ne réagit pas. Elle était déjà au courant, compris-je. Elle savait tout. Et elle désapprouvait clairement, ou au moins mon implication dans la gestion des retombées. Pas parce qu'elle ne m'appréciait pas, mais parce qu'elle désirait me protéger. Je m'étais totalement trompée sur elle.

— En quoi était-elle compromise ? demanda le vieil homme.

Grosmatou s'immobilisa et posa la patte sur son front, comme s'il souffrait.

— Melony Haberdash, la petite-nièce de Lila, a manipulé son grand-père pour qu'il lui révèle l'héritage familial, y compris la façon dont le pouvoir était transmis à l'héritier suivant.

— Elle avait l'intention de tuer sa tante, devinai-je.

— Oui, Lila le pensait. La magie ne doit pas être révélée avant que les préparatifs pour le transfert ne soient presque entièrement accomplis, précisément pour empêcher ce genre de choses. Mais le frère de Lila, le grand-père de Melony, n'a jamais supporté le fait que la magie l'ait évité malgré son statut d'aîné pour s'implanter en sa sœur. Je pense que Melony n'a pas eu à insister très longtemps pour obtenir l'information qu'elle voulait.

— Je t'avais prévenu, commenta le vieil homme en secouant la tête avec tristesse. Lila était un très bon atout, mais elle ne provenait pas d'une bonne lignée. Son frère ne s'est jamais remis d'avoir perdu son poste, même s'il ne lui convenait pas depuis le début. Maintenant, il envoie ses héritiers deux générations en dessous nous causer des problèmes ? Nous aurions dû l'éliminer il y a des années, quand il a commencé à nous provoquer.

— Lila ne voulait pas faire du mal à sa famille. Je pense qu'une petite part d'elle espérait toujours qu'ils puissent se réconcilier, répondit Greta. Il était important de respecter son souhait.

— Lila était une femme bien, approuva Grosmatou. Malheureusement, sa famille a profité de son bon cœur.

— Qu'est-ce que Melony compte faire, maintenant ? Et comment sait-on qu'elle agit seule ? Si son grand-père est à l'origine de tout ça, il ne pourrait pas être impliqué aussi ? demandai-je tout haut.

Au fond de moi, je m'inquiétais toujours pour Parker. Et si Melony avait déjà mis la main sur lui ? Le reverrais-je un jour ?

— On ne sait pas quel est son plan, juste que nous devons l'arrêter, m'expliqua Greta tout bas, me tenant toujours la main.

— Dans ce cas, où elle est ? On ne peut pas l'enfermer dans une prison magique et jeter la clé ? On doit faire quelque chose !

— Ce n'est pas aussi simple, répliqua le chat.

— La magie connaît toujours une fin brutale, déclara Greta, répétant l'avertissement qu'elle m'avait déjà donné un peu plus tôt.

— Dans ce cas, pourquoi avez-vous mis Parker en danger comme ça ? Si vous saviez que Melony venait s'en prendre à Lila, vous ne pouviez pas deviner qu'elle s'en prendrait ensuite à lui quand elle comprendrait ce qui s'était passé ?

Une boule de rage se formait dans mon ventre. Ils avaient sciemment mis Parker en danger. Ce n'était pas bien.

Grosmatou soupira.

— Nous n'avons pas eu autant de temps que nous l'espérions. En fin de compte, Barnes s'est porté volontaire pour reprendre le flambeau, parce qu'il ne voulait pas risquer que Greta prenne sa place.

Elle me serra la main sous la table.

— Il m'a dit que la pire chose qui puisse arriver serait de compromettre nos écoles. Si nous voulons un monde meilleur, nous devons préserver les enfants comme le trésor qu'ils représentent pour notre avenir.

Pas étonnant que j'apprécie ce gars. Il était séduisant, courageux et il adorait les enfants. Si je n'avais pas eu une opinion aussi pessimiste de l'amour, j'aurais pu succomber à ce crush qui menaçait de me chambouler. Je ravalai plutôt tout ce que je ressentais en cet instant et je posai la question la plus importante.

— Comment allons-nous arrêter Melony ?

Je décidai en cet instant de tout faire pour les aider. Que ce soit pour protéger Parker ou le venger, j'étais partante.

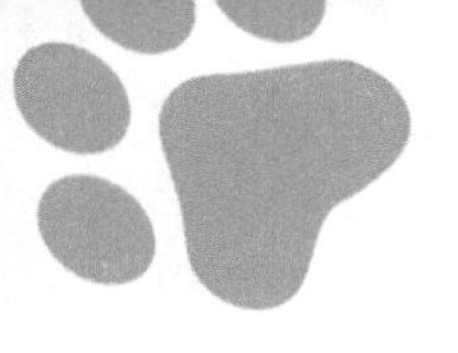

20

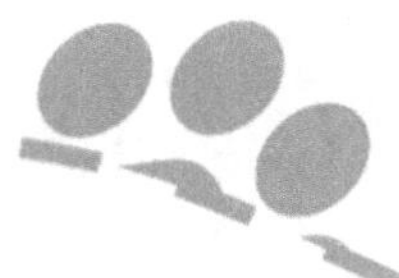

Malgré le caractère pressant de ma question et le fait qu'elle était plutôt pertinente, Grosmatou n'en tint pas compte.

Il y aurait peut-être répondu, cela dit, si l'un des agents de liaison ne s'était pas levé immédiatement en posant les mains sur ses hanches généreuses.

— Pourquoi tout le conseil n'a-t-il pas été informé? Personnellement, j'aurais préféré apprendre tout ça avant que ça ne dégénère.

— Toutes mes excuses, Connie, répondit le chat sur un ton traînant.

Était-il en train de lui faire de la lèche alors que c'était lui le patron?

— Lila préférait que peu de gens connaissent son

projet de mettre un terme à sa propre vie. Comme tu le sais, c'est le sacrifice ultime pour une sorcière communale, dont le plus grand devoir est de protéger sa ville. Elle savait ce qu'elle devait faire et ne voulait pas que quelqu'un tente de la faire changer d'avis.

— Mais *elle*, elle savait, rétorqua Connie en pointant un doigt accusateur sur Greta.

Le grondement de ses mots provoqua un frisson dans ma colonne vertébrale. Le son n'avait pas l'air humain, mais que pouvait-il être autrement?

— Quel est le rapport entre cette décision et son domaine de compétence? Aucun!

La patience du chat s'était émoussée. Il soupira et frotta son front avec la patte.

— Tu sais pourtant qu'en tant qu'agent de liaison des Écoles, Greta est la plus à même de gérer les situations impactant l'avenir. En outre, Melony est jeune et toujours étudiante. À la fin de l'été, elle est censée rejoindre l'Académie et commencer...

— C'est hors de question, à présent, le coupa Greta, la mine sombre.

— Et Parker en a été informé, poursuivit Grosmatou avec un regard assassin à l'intention de Connie, parce qu'un crime imminent entre dans ses prérogatives d'agent de liaison auprès des Forces de l'ordre.

— Le Commerce aurait néanmoins aimé être au courant, se plaignit Connie, une moue aux lèvres, refusant de céder.

— L'Agriculture aussi, intervint un homme d'âge moyen d'apparence ordinaire, assis à côté d'elle.

Mis à part Parker et moi, il semblait être le plus jeune du groupe, de deux décennies au moins.

Tous les regards se posèrent sur le centenaire en costume.

— Non, dit-il en agitant la main. Les Cimetières n'ont aucun souci. Nous préférons ne pas nous occuper d'eux tant qu'ils n'ont pas besoin de nous.

— Les Cimetières? murmurai-je à l'intention de Greta.

— Oui, c'est l'un des cinq départements essentiels de la région.

Après en avoir entendu plusieurs mentionnés à la suite, j'entamai une liste mentale. Le conseil de la PTA avait cinq départements : les Forces de police, les Écoles, le Commerce, l'Agriculture et les Cimetières. À cela s'ajoutait la sorcière communale, et Grosmatou, bien sûr, quoi qu'il fasse réellement.

Je décidai de lui poser directement la question.

— Tout le monde ici a un boulot, même si je ne suis qu'intérimaire. Quel est votre rôle, monsieur Grosmatou?

J'employai la politesse, me disant qu'il serait plus enclin à me répondre si je lui montrais un peu de respect.

— À votre avis ? Je suis le Diplomate, bien sûr. C'est moi qui dirige toute la région.

C'était plutôt logique, sans doute. Petit à petit, je commençais à saisir. Quoique...

— J'ai juste une petite question. Enfin, deux. Non, plutôt trois.

Il agita la patte pour m'indiquer de poursuivre.

— D'accord, donc la première : où est Parker ? Ensuite, comment on arrête Melony ? Et puis, si vous avez le temps, vous pourriez m'expliquer pourquoi ça s'appelle la *Paranormal Temp Agency* alors que je suis la seule à n'avoir qu'un boulot temporaire, ici ?

— Parker sera là dès qu'il le pourra, et une fois qu'il sera arrivé ici, Melony viendra aussi. C'est le meilleur scénario possible, puisque nous avons la source de magie globale pour nous protéger.

Je regardai le plafond, où la magie atmosphérique scintillante s'était installée comme un gros nuage rose.

Grosmatou poursuivit.

— Vous êtes notre seule intérimaire pour le moment, mais ne vous y trompez pas, nous avons pas mal de renouvellement parmi nos assistants.

— Dans ce cas, pourquoi ne pas embaucher plus de personnes à temps plein ? Est-ce parce que vous ne voulez pas payer de charges ?

Connie, assise en face, éclata de rire, faisant rebondir sa poitrine surdimensionnée. Je n'arrivais pas à déterminer si elle m'appréciait ou non, mais il était évident qu'elle n'était pas fan de Grosmatou.

Celui-ci leva les yeux au ciel avant de les reposer sur moi.

— L'équilibre magique est un flux constant, voilà pourquoi nos besoins évoluent. La plupart des utilisateurs de magie taisent leurs capacités et mènent une vie humaine à peu près normale.

— Il n'y a donc que vous tous qui êtes surpuissants ?

— Nous sommes les plus forts, convint Greta, parce que nous sommes capables d'utiliser nos dons régulièrement. C'est en forgeant qu'on devient forgeron, après tout.

Elle avait enfin l'air d'une professeure. À mesure que j'apprenais à connaître chacun, il m'était plus facile de comprendre comment ils s'inséraient dans leurs rôles.

— OK, voyons si j'ai bien compris, dis-je. La plupart des gens ne possèdent aucune magie, et la plupart de ceux qui en ont ne s'en servent pas vraiment.

— Oui, sauf par instinct, comme vous l'avez vu hier au cours de votre intégration, confirma le chat.

Cette impressionnante démonstration de la colère des éléments ne remontait-elle vraiment qu'à la veille ? Waouh. Il me fallut une seconde pour assimiler ce fait avant de passer à la suite.

— Les agents de liaison sont les usagers de magie les plus puissants parce qu'ils utilisent régulièrement leurs pouvoirs, résumai-je.

— Oui, c'est ça, dit Greta, encourageante.

— D'accord, pourquoi est-ce qu'on craint autant cette Melony, alors ? Elle a... quoi ? ... dix-huit ans ?

Je fis un rapide calcul et frémis en réalisant que je pouvais être sa mère. Heureusement que ce n'était pas le cas.

Tout le monde me regardait, attendant que j'aille au bout de ma pensée.

— Elle n'est pas agente de liaison, ce qui signifie qu'elle ne pratique pas la magie régulièrement. On sait qu'elle en possède un peu, suite à notre confrontation avec elle, mais... Quelqu'un peut-il m'expliquer pourquoi une pièce entière des magiciens les plus puissants de la région se cache d'une petite fille ?

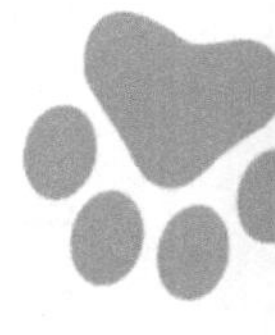

21

Pendant un moment, personne ne parla. Puis Grosmatou prit une grande inspiration et répondit :

— C'est une bonne question. Nous pourrions vaincre Melony sans peine, mais ce n'est pas parce que nous en sommes capables que nous devons le faire.

Je levai les bras au ciel, un geste que je reproduisais souvent, ces derniers temps.

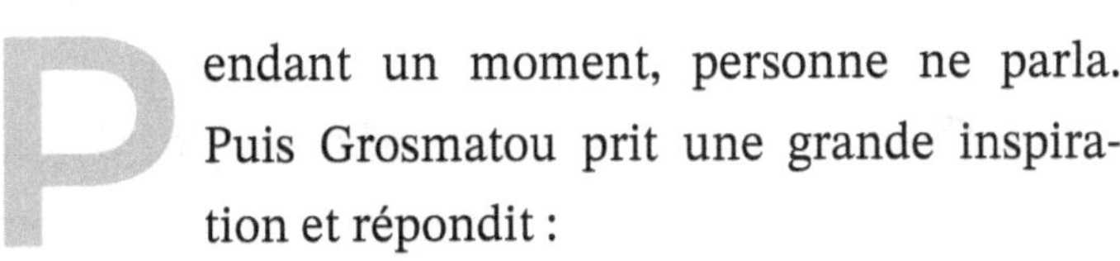

— Sérieux, les gars ? Un instant, vous vous présentez comme les nobles défenseurs de l'équilibre, et le suivant, vous vous retenez de résoudre facilement un problème très simple. Vous vous rendez compte que ça va devenir un problème bien plus grave, n'est-ce pas ? Enfin, qu'est-il arrivé à tout ce baratin sur le noble équilibre que vous m'avez servi il y a trois minutes ?

Greta posa les deux mains à plat sur la table devant elle. Ses sourcils presque blancs encadraient ses yeux d'un bleu éclatant, lui conférant des airs presque lupins.

— Je comprends qu'il y ait beaucoup de choses que tu ne puisses pas encore saisir sur notre monde, mais il y a des nuances qui, même si elles sont petites et te paraissent incohérentes, sont importantes à respecter, en particulier pour les personnes en position de pouvoir.

— Donc vous ne vous occupez pas de Melony parce que... quoi ? Ça ferait mauvais genre ? Greta, c'est toi qui m'as dit que la magie connaissait toujours une fin brutale. C'est Melony l'instigatrice, alors pourquoi vous n'agissez pas ?

J'avais beau avoir atterri à la PTA par un stupide hasard, j'étais là à présent et j'avais l'intention de donner mon avis. En l'occurrence, que leurs tentatives d'explication n'avaient aucun sens.

Quand Greta secoua la tête, l'une de ses boucles blondes ne revint pas à sa place.

— Ce n'est pas à nous de mettre fin à une vie.

— Tu te fiches de moi ? m'énervai-je, incapable de

m'en empêcher. C'est vous qui avez mis un terme à celle de madame Haberdash !

— À sa demande, oui. Elle s'est sacrifiée pour protéger la ville, mais aussi pour protéger sa famille.

Bien qu'ayant l'air fatiguée, Greta restait ferme dans ses explications. Même si leur supposée logique n'avait aucun sens à mes yeux, elle en avait claire-ment aux siens.

Je me radoucis. Greta n'était pas mon ennemie. Leur raisonnement avait beau présenter des failles, personne dans cette pièce ne constituait une menace contre cette ville ou moi. Melony, en revanche...

— Pourquoi voudrait-elle sauver quelqu'un qui désire la tuer? Et que comptez-vous faire quand Melony se pointera dans le but d'éliminer Parker? Et encore une fois, *où est Parker*? Parce qu'il n'est pas là, et ça me paraît stupide d'attendre tranquillement ici alors que nous pourrions sortir pour contrôler l'avenir !

— Pffff, intervint Grosmatou. Vous parlez comme une véritable normale. Avez-vous écouté ce que Greta ou moi avons tenté de vous expliquer?

Je reportai toute ma frustration sur le petit chat noir.

— Oui, j'ai écouté, mais tout ce que j'ai entendu, c'est des paroles et des excuses. Vous avez le pouvoir de mettre fin à ça, et à la place, vous restez assis ici, impuissants. Vous ne l'êtes pas, et vous devriez être en train d'aider Parker !

Grosmatou fléchit les pattes et sortit les griffes, menaçant.

— Jamais je n'ai été aussi...

— *Houlà, houlà.* On se calme.

La voix familière de Parker flottait au-dessus de nous. Il rejoignit son siège.

— Je suis juste là.

La magie rose scintilla doucement, puis retourna vers le plafond. Maintenant que tout le monde était présent, le plafond se referma de lui-même, nous coupant du monde extérieur.

Greta posa une main sur ma taille et se pencha vers moi comme pour me confier quelque chose en privé, mais je ne pris pas le temps de l'écouter.

Parker est là ! Il va bien !

Je bondis de ma chaise et courus l'enlacer. Je le connaissais à peine, mais ça n'avait pas d'importance. Il était en vie et sans doute un héros. Savoir qu'il courait un danger potentiel m'avait permis de me rendre compte que je l'appréciais d'instinct, depuis notre première rencontre.

Il se leva pour accueillir mon étreinte et grimaça

quand je refermai les deux bras autour de lui, avant de me rendre mon câlin.

— Tu vas bien ? lui murmurai-je en m'écartant pour le regarder dans les yeux.

Le gris de ses prunelles était un peu estompé, mais son sourire était sincère.

— Oui, me confirma-t-il avec un soupir soulagé.

Des coupures et des éraflures récentes parsemaient son visage, son cou, ses bras ; rien de grave cependant. Qu'est-ce qui l'avait retenu ? Était-il passé à l'action pendant que le reste du conseil restait ici à se tourner les pouces ?

Je ne le lui aurais pas reproché.

Parker était l'un d'entre eux, mais il était différent, aussi.

Plus humain, d'une certaine manière.

Peut-être était-ce parce que, en tant que policier, il avait l'habitude de voir les choses en noir ou en blanc, le bien ou le mal. Ce que Melony voulait faire était mal. Il l'avait clairement compris.

Malgré ses convictions, agirait-il contre la volonté du patron félin ? L'avait-il déjà fait ? J'avais conscience de présumer beaucoup de choses, mais une part de moi savait que Parker comptait parmi les gentils. Peut-être même parmi les meilleurs.

— J'étais tellement inquiète, murmurai-je en resserrant mon étreinte.

Je voulais qu'il soit ce héros, mais plus encore, j'avais envie qu'il soit en sécurité et à mes côtés. Ce crush que j'avais tenté d'éviter avait refermé ses griffes autour de mon cœur. *Stupides sentiments.*

— Où étais-tu ? exigea de savoir Grosmatou, en s'approchant de nous à grands pas. Pourquoi as-tu mis autant de temps ?

Parker me lâcha et garda la tête basse un instant, comme s'il était trop fatigué pour répondre. Puis il se redressa et répondit :

— Melony est venue me voir.

Melony.

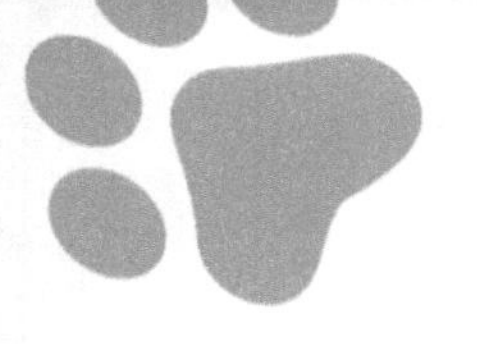

22

Je posai la main sur l'épaule de Parker.

Il tressaillit et s'écarta. Son sourire mit quelques secondes de trop à apparaître pour être naturel.

Argh. J'étais vraiment inquiète, à présent. Était-il arrivé une chose terrible? Faisait-il juste bonne figure devant nous?

— Comment ça, elle est venue te voir? insistai-je, désirant qu'il me dise... le *suppliant* de me dire la vérité. Tu es sûr que ça va?

Il pinça les lèvres, recula la chaise qui se trouvait devant lui et s'assit.

— Je suis là, non?

— Que s'est-il passé? demandai-je, refusant de m'éloigner de lui, même s'il me repoussait.

— Ça suffit, Tawny, allez vous asseoir, m'ordonna Grosmatou en retournant s'installer en bout de table. Tout de suite. Barnes, au rapport.

Sans quitter Parker des yeux, je retournai m'asseoir à côté de Greta.

Tout le monde attendait en retenant son souffle.

Parker croisa les mains et soupira.

— Elle m'a trouvé alors que je roulais vers le poste. Il y avait bien trop de normaux autour, donc je l'ai conduite vers un parking vide, à la sortie de la ville. Je m'attendais à ce qu'elle m'agresse dès qu'on serait sorti de voiture tous les deux, mais elle voulait plutôt parler. Elle m'a dit que le boulot de sorcière communale était à elle, que sa grand-tante Lila n'aurait déjà pas dû le voler à son grand-père et qu'elle n'avait pas l'intention de laisser la mauvaise personne occuper ce poste une seconde de plus.

— Mais tu es là et tu as dit que tu allais bien, commentai-je, abasourdie. Alors, qu'est-ce qui s'est passé ?

— Tawny, silence ! beugla Grosmatou en ajoutant un grognement bas et menaçant. Je vois que vous avez beaucoup de questions, mais ce n'est pas vous qui dirigez, ici.

Parker fronça les sourcils.

— Elle m'a dit de me rendre, mais j'ai refusé. C'est

là qu'elle m'a attaqué. J'ai tenté de ne pas lui faire de mal, mais elle est arrivée si vite que je n'ai pas pu éviter…

Sa voix se brisa, et il se tut.

— Nous avions promis à Lila que sa nièce ne serait pas blessée, intervint Greta en se levant si vite de sa chaise que celle-ci retomba en arrière.

Parker se passa les mains dans les cheveux en lâchant un sanglot étouffé.

— Je sais. Je suis vraiment désolé. C'est la magie. Avec celle de Lila en plus de la mienne, c'est trop. Je n'ai pas pu la contrôler.

— C'est très inquiétant, en effet, déclara Gros-matou en agitant sa longue queue noire.

— J'aurais pu arriver plus tôt, mais je ne voulais pas conduire Melony droit à notre QG. À condition qu'elle ait réussi à survivre, ajouta-t-il faiblement. Je ne savais pas quoi faire d'autre. Je suis désolé si j'ai compliqué la situation pour le conseil.

— Et donc, qu'est-ce qui se passe maintenant? demandai-je, puisque personne ne prenait la parole. La menace a disparu, non? Tout va revenir à la normale?

— Mais à quel prix? rétorqua Greta sèchement, les bras serrés autour d'elle-même, en tanguant. Tu as bravé la dernière volonté de Lila. Melony était la dernière héritière du legs des Haberdash. À part son grand-père, bien sûr.

Que se passait-il ? Ces explications ne m'aidaient pas à y voir plus clair, donc je posai une question, même si Grosmatou m'avait dit de me taire.

— Melony serait donc de toute façon devenue la sorcière communale un jour ? Si oui, pourquoi aurait-elle voulu tuer sa tante ? Pour que ça arrive plus tôt ?

— Elle n'était pas prête, expliqua Greta, qui voulut me frotter l'épaule, mais je m'éloignai d'elle. Melony devait encore beaucoup mûrir et Lila était déjà malade. Elle n'aurait pas pu se défendre en cas d'attaque.

— Mais Parker a ses pouvoirs, à présent. Donc que Melony aille bien ou non, le legs des Haberdash est mort, de toute façon.

— Ce n'est pas une raison pour que quelqu'un perde la vie, rétorqua-t-elle.

Connie, la chef du département Commerce, se mêla à la conversation.

— En désignant quelqu'un d'extérieur à sa famille, Lila a sciemment détruit sa lignée.

Les yeux bleus de Greta virèrent au rouge. J'en fus tellement sidérée que je fus incapable de parler pendant que les autres se disputaient.

— Quel choix avait-elle? Les gens comptent plus que le pouvoir.

— La fille aurait mûri en accomplissant sa tâche, riposta le type d'âge moyen qui s'occupait de l'Agriculture.

— Ou bien ça l'aurait détruite, contra Greta, les yeux toujours enflammés.

— Ça suffit! s'exclama Grosmatou, et le brasier disparut des prunelles de ma voisine de table.

Elle se rassit à côté de moi, et je me décalai contre l'autre bord de ma chaise, toujours perturbée.

— Que va-t-il se passer maintenant? demanda-t-elle calmement, sur un ton doux.

Sauf que je ne me fiais plus à sa nature douce.

— Beech Grove a besoin d'une sorcière communale.

Tous les yeux se tournèrent vers moi.

— Je... Je ne peux.. balbutiai-je.

— La magie que nous vous avons transmise n'est que temporaire, souligna le chat. Pour devenir la sorcière communale officielle, vous devrez tuer votre prédécesseur.

Parker me contempla comme s'il me voyait pour la première fois.

— Mais Parker... grommelai-je.

— Oui, nous sommes en mauvaise posture, admit

Grosmatou. Une même personne ne peut pas remplir deux rôles indéfiniment. Cela affaiblit bien trop la région.

— Alors, qu'allons-nous faire? m'écriai-je, impuissante.

Les choses ne faisaient que se compliquer, au lieu de se régler. D'autres vies devaient-elles être enlevées? Je détestais cette situation.

— Nous allons devoir trouver un nouvel agent de liaison auprès des Forces de police, mais c'est un processus qui prend du temps, hélas, répondit Grosmatou. En temps normal, nous sommes mieux préparés aux transitions, mais Lila nous a demandé d'agir vite et de régler les autres détails une fois la menace immédiate réduite.

— Est-ce que je peux vous aider? Vous n'avez plus besoin de moi comme sorcière temporaire, n'est-ce pas? Je peux jouer les agents doubles.

Aussi effrayée que je sois d'être mêlée à tout ça, ce serait pire encore si je leur tournais le dos maintenant.

— Tu n'es pas policière, répliqua Parker, impassible, les mâchoires serrées.

— Tu ne peux pas changer les dossiers d'un coup de baguette magique? demandai-je à Greta, puisqu'elle était la plus proche.

Ce fut Grosmatou qui me répondit à la place de tout le monde.

— Nous serions encore plus vulnérables si une personne n'ayant pas été correctement formée à la magie ou au maintien de l'ordre occupait un poste aussi important.

— Et donc quoi? Il doit bien y avoir quelque chose à faire!

J'étais au bord des larmes, à présent. Je détestais avoir l'air faible, mais je l'étais. Mais si les plus forts ne voulaient pas ou ne pouvaient pas arranger la situation, c'était à moi de m'en charger.

Parker se leva brusquement, attirant l'attention de tout le monde.

— En fait, je crois qu'il y a quelque chose. Si vous voulez bien m'écouter...

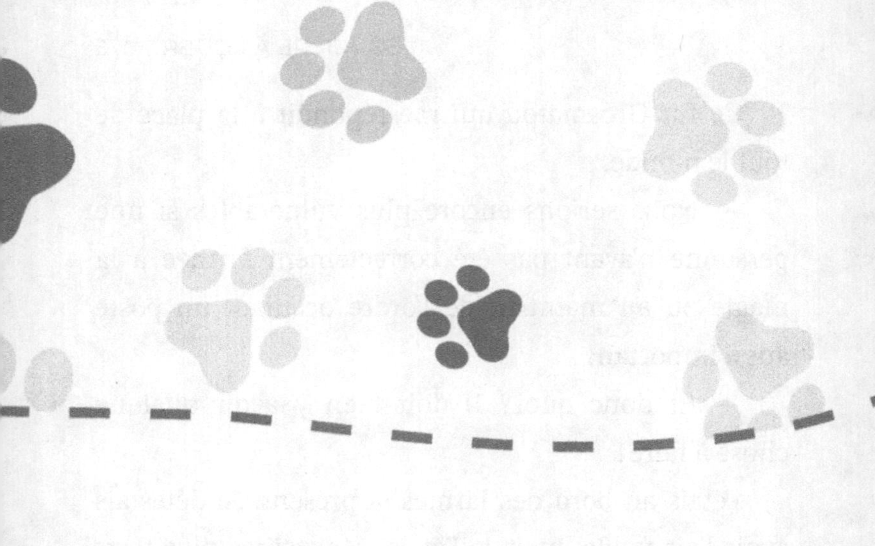

23

arker poursuivit, à peine plus haut qu'un murmure.

— Je pense qu'il n'est pas impossible que Melony soit toujours en vie. Très grièvement blessée, et sans doute à vie, mais vivante et suffisamment forte pour appeler des renforts.

Un souvenir me revint à l'esprit. Même si elle s'était montrée menaçante pendant notre confrontation, la jeune fille m'avait aussi paru effrayée et désespérée. Si elle avait voulu nous blesser Greta ou moi, elle aurait pu sans peine le faire pendant que nous étions figées sur place.

Elle s'était abstenue.

Elle avait simplement pris ce qu'elle était venue chercher, le vieux chapeau, et elle était partie. Elle avait aussi demandé à Parker de se rendre, avant de l'attaquer, mais peut-être avait-il mal interprété la situation ? Et si elle n'avait pas voulu lui faire de mal, à lui non plus ? Et si nous avions tous mal compris ?

Je me mordis la lèvre pour me retenir de parler. Melony était déjà blessée, et possiblement morte. Il était peut-être trop tard pour l'aider, et il était possible aussi que je lui accorde trop de crédit.

— Tu disais qu'elle avait parlé de son grand-père pendant votre conversation, indiqua Grosmatou en penchant la tête d'un air pensif. Tu crois qu'ils pourraient travailler ensemble ?

Toutes les éventualités me donnaient le vertige. Melony pouvait être aussi bien diabolique qu'une enfant effrayée cherchant à impressionner la seule famille qui lui restait. Après tout, je ne m'attendais pas à ce que Parker soit l'assassin de madame Haberdash ni que celle-ci ait été l'instigatrice de son propre trépas.

— Tout est possible, j'imagine, répondit Parker à son patron, même si ses paroles me donnaient l'impression de m'être spécifiquement destinées.

Soupçonnait-il lui aussi qu'il y ait autre chose là-dessous ?

Il s'éclaircit la voix et poursuivit :

— Même si elle n'a pas survécu, il est possible qu'il vienne la chercher… et se venger, donc.

Grosmatou recommença à faire les cent pas. Je compris qu'il déambulait ainsi chaque fois que ses pensées allaient plus vite que ses mots.

— Ce qui nous place dans une double position de vulnérabilité, feula-t-il sans colère. Il manque un membre à ce conseil et nous allons peut-être devoir nous préparer à combattre un ennemi lié.

Cette nouvelle information coupa court à mes questionnements internes.

— Qu'est-ce que ça veut dire? demandai-je en regardant les deux hommes tour à tour. Un ennemi lié?

Ce fut Greta qui me répondit.

— Un grand-père et sa petite-fille, ou toute personne liée par le sang, œuvrant dans le même but peuvent amplifier leur magie grâce à leur lien de famille. Cela permet de multiplier leurs pouvoirs plutôt que de simplement les additionner. Ainsi, dix plus dix ne font plus vingt, mais cent. C'est pour ça que certains magiciens choisissent d'avoir une grande famille. Ils sont pratiquement inarrêtables avec tous les liens amplifiant leurs pouvoirs.

— La plupart des gens s'en serviraient surtout pour se protéger, mais les Haberdash…

Parker secoua la tête.

— Ils n'ont jamais respecté les règles.

— Nous devons les trouver et les arrêter, m'écriai-je, n'hésitant plus face à cette nouvelle information. Comment je peux vous aider ?

— Vous ne pouvez pas, décréta Grosmatou, la bouche tellement pincée que ses moustaches se rapprochèrent de sa poitrine. Mais nous autres, nous pouvons prémunir la ville au le cas où le grand-père de Melony ne l'aurait pas encore rejointe. Vous vous souvenez toujours des points de pouvoir ?

Cette question s'adressait à l'ensemble du conseil. Tous les membres opinèrent solennellement.

— Je veux aider, moi aussi, insistai-je. Je possède encore de la magie. Pas beaucoup, mais peut-être que ça peut faire la différence pour ce qui nous attend.

— Non, Tawny, dit Greta d'une voix froide et désincarnée en se tournant vers moi.

Le feu avait repris dans ses yeux, mais il n'était qu'une lueur vacillante. Je ne l'aurais pas remarqué si elle n'avait pas été assise si près de moi.

Elle posa la main sur mon épaule et son front contre le mien.

— C'est très noble de ta part de vouloir nous aider, mais ce n'est pas ton combat. Nous protégeons les intérêts magiques de cette région depuis des années.

Parfois, cela inclut d'intercepter de dangereux transferts de pouvoir. Nous sommes tous formés pour ça...

Elle prit mes deux mains et m'encouragea à me lever en même temps qu'elle.

J'inspirai profondément et j'attendis.

Ses yeux flamboyèrent, puis reprirent leur couleur bleue normale.

— Nous sommes tous formés pour ça, mais pas toi.

Sur ces mots, elle attrapa la broche magique sur ma poitrine et l'arracha de mon tee-shirt.

Mes genoux succombèrent sous mon poids, mais je ne tombai pas, même si j'avais l'impression qu'on avait ôté toute force à mes muscles.

La magie rose scintillante disparut de mon champ de vision tandis que le pouvoir que j'avais brièvement possédé s'estompait et disparaissait. La broche d'argent contenant la magie que j'avais empruntée brillait dans la main de Greta. Elle me narguait, me défiant pratiquement de la reprendre.

J'avais cependant vu l'effet du pouvoir. Il transformait les réponses en questions, les êtres chers en ennemis et la sécurité en danger. Des choses terribles se produisaient chaque jour, et le conseil les laissait avoir lieu sous prétexte de maintenir une sorte d'équilibre sacré.

Mais pourquoi avions-nous besoin d'un équilibre ? Si j'avais été douée de magie, je l'utiliserais pour créer un monde meilleur, et non pour maintenir un monde défectueux ou brisé.

Magie ou pas, je pouvais quand même leur prêter main-forte.

Peut-être justement parce que j'en étais dépourvue. Je pouvais leur offrir une perspective humaine.

— Je n'irai nulle part, décrétai-je, bien décidée.

Mais Greta cria et me poussa soudain.

— Pars ! Retourne à ta vie et cesse d'interférer avec la nôtre.

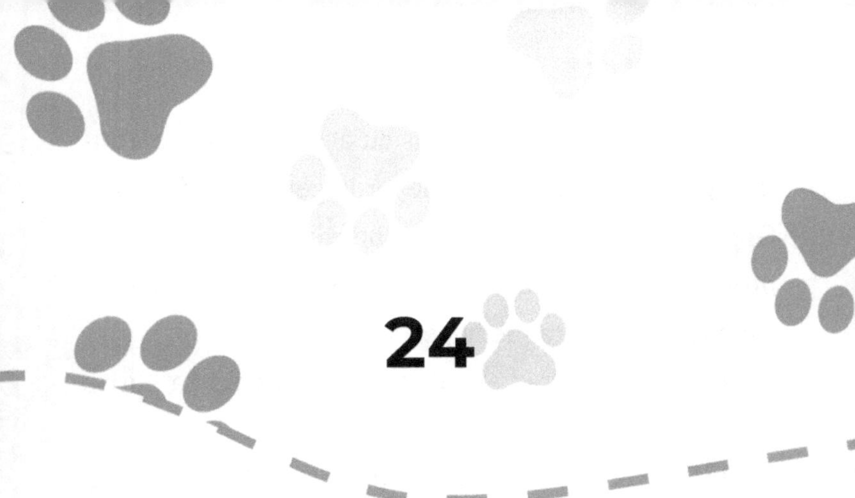

24

ien sûr, j'avais à présent un million de questions tourbillonnant dans mon esprit, mais avant que je puisse en poser une seule, Greta me poussa à nouveau. Fort, en plus.

Je regardai derrière elle, pour voir si quelqu'un interviendrait ou prendrait la parole.

Parker évita soigneusement mon regard.

Au même moment, monsieur Grosmatou invoqua une bourrasque si puissante qu'elle me poussa dans le couloir vide et fit claquer la porte de la salle de réunion dans mon dos.

J'atterris sur les fesses dans un bruit sourd, comme la veille, lorsque le chat noir autoritaire avait testé ma magie en lançant son attaque sournoise.

Il m'avait dit que si j'avais eu des pouvoirs, je n'aurais pu m'empêcher de me protéger. Si le fait que Greta m'ait arraché la broche ne suffisait pas à prouver que ma magie avait disparu, mon incapacité à contrer cette attaque le permit.

La douleur irradiant dans mon dos fut la cerise sur le gâteau.

Je me relevai tant bien que mal et je testai la poignée de la porte, mais elle ne bougea pas entre mes mains moites. Esquissant un pas de côté, je me plaquai contre la colonne de verre qui donnait sur la pièce.

— Laissez-moi entrer !

Je ne pouvais guère voir plus que des formes et des mouvements au-delà de cet élément de décor digne des années quatre-vingt, mais même cet avantage me fut retiré lorsque quelqu'un invoqua une barrière sombre pour me bloquer la vue.

Je m'immobilisai et j'écoutai.

Silence.

Avaient-ils également érigé une barrière acoustique ? Ou bien étaient-ils tous sortis par ce plafond de verre ?

Parker avait mentionné des points d'énergie permettant de protéger la ville contre les attaques extérieures. Je présumais que ces points ne se trouvaient pas à l'intérieur de ce bâtiment.

Les membres du conseil allaient bientôt se mettre en mouvement. Comme je ne pouvais rien faire ici, je sortis en courant, me demandant si j'avais la possibilité de les suivre à pied. À condition que je les repère en premier lieu. J'en doutais fortement, étant donné que le balai magique lors de mon voyage matinal avait filé bien au-delà des limites de vitesse autorisées.

Ils avaient besoin de mon aide. Je le savais au plus profond de moi, même si eux l'ignoraient. J'allais trouver le moyen de... Qu'avait dit Grosmatou, déjà? ... de faire pencher la balance.

Réfléchis, Tawny, réfléchis!

Je savais que Melony était soit en danger, soit morte.

Que son grand-père était sans doute impliqué aussi, et si c'était le cas, ce serait pire que de l'affronter seule.

En tant que détenteur actuel de la magie communale, Parker était en danger, lui aussi.

Le conseil envisageait de s'aventurer jusqu'aux points de pouvoir afin de protéger la ville... Et c'était là que s'arrêtaient mes connaissances. J'ignorais tout de ces points de pouvoir censés prémunir contre la magie noire. Je n'avais pas de voiture et Greta m'avait retiré ma magie, donc me voilà coincée dans cet immeuble de bureau moderne en grande partie abandonné.

Et maintenant?

N'ayant aucun plan, je choisis de rentrer chez moi. Après tout, un seul endroit contenait les réponses dont j'avais besoin, à mon avis, et c'était la maison de madame Haberdash. J'allais donc m'y rendre, pas parce que je renonçais, mais parce que je savais que, à un moment donné, le conseil et leurs ennemis retourneraient là où tout avait commencé.

À ce moment-là, ils auraient besoin de moi.

La maison le savait, même si eux l'ignoraient.

Pourquoi sa magie m'aurait-elle enveloppée immédiatement, sinon?

Je trouvais très étrange que ce soit Greta qui m'ait forcée à m'en aller. Elle avait vu la maison s'ouvrir pour moi. Elle savait mieux que les autres que j'avais ma part à accomplir dans toute cette histoire.

Ils avaient cependant tous été très prompts à m'accueillir dans leur groupe et encore plus prompts à me mettre à la porte. Pourquoi?

J'avançai péniblement sur le trottoir, regrettant de

ne pas avoir enfilé mes chaussures de sport, ce qui m'aurait permis d'avancer un peu plus vite, comme l'exigeait l'urgence de la situation.

J'avais à peine parcouru un pâté de maisons quand une lumière aveuglante me déstabilisa, et je tombai à nouveau sur mon pauvre derrière malmené.

Me protégeant les yeux, je plissai les paupières pour voir à l'intérieur de la lumière. Était-ce un nouvel ennemi?

Non, c'était juste Greta.

D'accord, pas *juste Greta.*

C'était Greta avec d'énormes ailes blanches étendues de chaque côté de son corps.

— Prends ma main, m'ordonna-t-elle, et je savais qu'il valait mieux ne pas argumenter.

Dès que nos doigts s'effleurèrent, elle bondit à nouveau vers le ciel en m'entraînant avec elle.

— Qu'est-ce qui se passe? parvins-je à demander entre deux halètements apeurés.

— Il ment, répondit-elle en me jetant un bref coup d'œil.

Les flammes étaient de retour dans ses yeux. Elle était à la fois magnifique et terrifiante.

— Quoi? Qui ment? Et attends, tu es un... un...

— Oui, je suis un ange. Et c'est Parker qui ment.

Waouh. Ça faisait beaucoup à assimiler. J'avais envie de répondre quelque chose d'intelligent, mais...

— Euh, tu es sûre? répliquai-je comme une humaine de base...

Ce que j'étais, d'ailleurs.

— Presque tout ce qu'il a dit était un mensonge, mais je ne sais pas pourquoi.

— Donc ça veut dire que...?

— Oui, Melony va bien, ils n'ont jamais eu d'altercation.

Enfin des paroles un peu utiles.

— Dans ce cas, pourquoi tu n'as pas empêché les autres d'aller protéger la ville?

— Parce que quelque chose cloche. Je ne voulais pas que Parker se doute que je me méfie de lui.

— Comment tu sais qu'il n'était pas sincère?

Elle se montra du doigt en souriant.

— Un *ange*, je te rappelle.

— Exact.

— On doit agir vite avant qu'il ne se rende compte que je ne me suis pas jointe aux autres. Tu veux toujours te rendre utile?

Elle aurait sans doute dû poser la question avant de nous catapulter vers le ciel, mais bon. J'avais l'intention de gagner, même si j'ignorais à quoi ressemblait la victoire ou ce qu'elle impliquait à la fin.

— Oui, je veux t'aider. Qu'est-ce que tu attends de moi ?

Elle me décocha un sourire magnanime qui me donna des frissons.

— Toi, ma chère, tu vas nous servir d'appât.

Formidable.

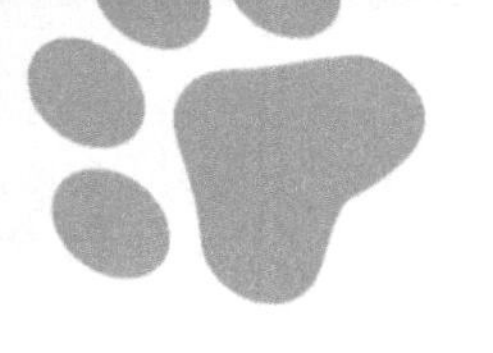

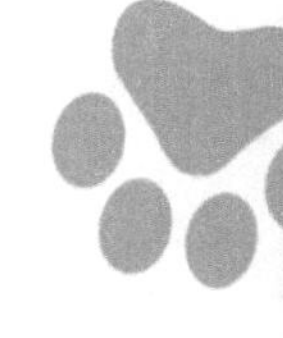

25

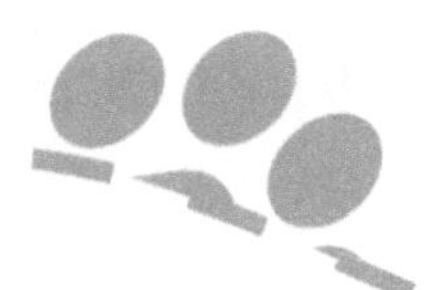

ù est-ce qu'on va? criai-je pour me faire entendre par-dessus le vent lorsque l'ange prit de la vitesse. Et comment je vais servir d'appât?

— On va là où tout a commencé, répondit Greta tandis que nous filions vers notre destination.

Moins d'une minute plus tard, nous atterrîmes dans un bruit sourd juste devant la maison de madame Haberdash, l'endroit où je comptais me rendre de toute façon. Greta fit disparaître ses deux ailes d'un rapide mouvement des deux poignets.

— Quel est le plan? la questionnai-je.

— Je n'en ai pas vraiment.

Elle mit la main dans sa poche et en sortit ma broche. Même si je ne possédais pas de magie depuis assez longtemps pour savoir m'en servir, je me sentis immédiatement soulagée. Au moins, mes capacités instinctives me protégeraient, pendant un instant en tout cas. Je me détestais de souhaiter autant la magie, alors que je la soupçonnais d'avoir un effet horrible sur l'esprit d'une personne. Même en sachant qu'elle pouvait me corrompre, j'en avais envie. *Désespérément.*

— C'est un leurre, m'expliqua Greta, douchant mon espoir à peu près aussi vite qu'elle l'avait éveillé.

Oh, bien. C'était sans doute mieux.

— Porte-le. Fais semblant de chercher quelque chose de précis.

J'y réfléchis un moment. Et à l'absence de poches de mon pantalon de pyjama, peu pratique. Je fourrai le leurre dans mon soutien-gorge.

— Qu'est-ce que je dois chercher ?

— Peu importe. Fouille la maison et fais du bruit. Si l'un des héritiers Haberdash est dans le coin, il viendra te voir.

Elle s'avança, tandis que je contemplais son tailleur-pantalon pastel à la coupe simple. Rien ne trahissait les énormes ailes qui nous avaient conduites à destination. Aucune déchirure dans le tissu. Rien n'indiquait que Greta n'était pas une humaine normale.

— Qu'est-ce que tu vas faire ?

Elle observa le paysage et fronça les sourcils, ce qui n'était pas très rassurant.

— Je surveillerai non loin, dès que j'aurai informé monsieur Grosmatou de mes observations.

L'horreur m'envahit.

— Je vais rester ici toute seule ?

— Pas longtemps, mais je dois prévenir les autres pour qu'ils soient sur leurs gardes. Je sais que c'est beaucoup te demander, mais je te promets de te protéger. C'est pour ça que je t'ai repoussée. Je ne pouvais pas laisser Parker deviner que je le soupçonnais.

Elle se détourna, le regard perdu dans le lointain.

— Tu le soupçonnes, maintenant ? Et de quoi ?

Il était celui dont je me sentais le plus proche, parmi le conseil. Je l'appréciais sincèrement, mais je m'étais déjà trompée sur les gens autrefois.

Greta, par exemple, m'avait trompée à de nombreuses reprises depuis que je l'avais rencontrée ce matin-là, et en même temps, elle semblait être aussi la plus sincèrement préoccupée par mon sort, et celui de Melony. Bien qu'elle m'ait prévenue que la magie connaissait toujours une fin brutale, elle avait l'air d'espérer une solution pacifique.

Elle se mordilla la lèvre et reporta son attention sur moi.

— Je ne sais pas, mais ça ne lui ressemble pas de mentir. Dans la salle du conseil, tu n'as pas remarqué qu'il paraissait un peu... différent?

Maintenant qu'elle en parlait, en effet, mais j'avais attribué ça au fait qu'il était perturbé d'avoir potentiellement tué quelqu'un. Je ne confirmai pas, cependant. J'avais envie de lui faire confiance, mais j'étais aussi perturbée par ce tout nouveau monde de magie et de danger. Elle appartenait sans doute au camp des gentils, puisque c'était un ange et tout ça, mais comment en être sûre?

J'avais le sentiment que je n'aurais aucune certitude avant la fin de la partie. Mon but ici consistait à découvrir la vérité et m'en servir pour guider mes actions.

Oh, et ne pas mourir, aussi.

C'était important, clairement.

— Tu as promis de me protéger. Comment tu peux me le garantir alors que tu ne seras même pas là? grommelai-je, nerveuse.

Greta scruta à nouveau l'horizon, puis elle se balança d'un pied sur l'autre avant de parler.

— Avance-toi, m'ordonna-t-elle.

Je m'exécutai. Elle m'attrapa par le poignet et posa ma main sur son cœur.

La lumière aveuglante jaillit à nouveau.

Je clignai des paupières et je vis la lumière passer de la poitrine de Greta à ma main, mon bras, et enfin à ma poitrine, où elle s'estompa et disparut.

— Tu possèdes mon armure de lumière. Ça devrait suffire à te protéger le temps de mon absence, m'expliqua-t-elle avec une expression de douleur.

Souffrait-elle de la perte de sa magie, tout comme moi plus tôt, qui en avais été affaiblie un instant ?

— Quoi ? Je ne peux pas accepter ! Et toi ?

Je ne pouvais pas la laisser se sacrifier de la sorte. Il devait exister une autre solution...

— Moi, répondit-elle avec un sourire nostalgique en étendant à nouveau ses ailes, je vais simplement devoir faire de mon mieux pour ne pas mourir.

Avant que je puisse répliquer, elle s'envola vers le ciel, me laissant seule pour mettre en place la partie de ce non-plan me concernant. Je pris une grande inspiration, j'agitai les épaules comme un boxeur se préparant à monter sur le ring et je montai en trottinant les marches du porche pour rejoindre la maison vide.

Non, je n'avais pas de capacités d'attaques magiques, mais je pouvais tout de même aider.

Greta croyait suffisamment en moi pour me confier sa vie. Je refusais de la laisser tomber.

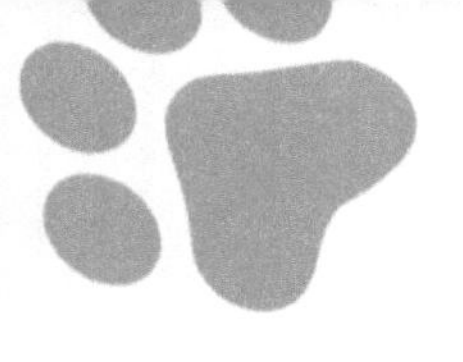

26

Greta avait admis sans hésiter qu'elle n'avait aucun plan à suivre. Nous ignorions toutes les deux ce qui se passait avec Parker, ou Melony d'ailleurs.

Les ennuis se préparaient, et nous avions à gérer le chaos qu'ils engendreraient.

Je n'avais pas grand-chose d'autre à offrir que ma volonté d'aider, mais ça devait suffire à appâter les méchants... qui qu'ils soient, en fin de compte.

Je méditai sur tout ça en grimpant jusqu'à la chambre de feu madame Haberdash. Greta m'avait demandé de faire semblant de chercher quelque chose, et ma performance d'actrice allait être bien plus convaincante si je cherchais véritablement quelque chose.

Melony était venue récupérer le vieux chapeau de sorcière dans la journée. Pouvait-il y avoir d'autres accessoires magiques qui n'attendaient que d'être découverts?

Je pensai à la broche faussement puissante nichée dans mon soutien-gorge et je décrétai que oui. Dénicher un accessoire me paraissait bien mieux que de tenter de trouver un papier ou un livre révélant quelque chose. C'était plus mon style, en outre.

Peut-être que j'aurais la chance de trouver quelque chose d'utile. Et sinon, ça ne serait pas grave.

Après tout, on ne s'attendait pas à ce que je déniche quelque chose, juste que je serve de distraction.

Greta ne m'avait pas donné beaucoup de détails, et je soupçonnais que c'était parce qu'elle ne savait pas grand-chose elle-même, à part que Parker nous mentait. Est-ce que ça signifiait que Melony s'était emparée de lui et qu'elle le contrôlait à présent? Je me souvenais encore du sentiment d'impuissance que j'avais éprouvé quand Parker et Grosmatou avaient chacun leur tour manipulé mes mouvements et mes émotions.

Mais comment Melony pouvait-elle maîtriser quelqu'un comme Parker? Il était un magicien bien plus expérimenté, et il possédait même la magie communale pour renforcer ses pouvoirs. Sans mentionner ses trente kilos de muscles de plus qu'elle.

Cela dit, Melony avait réussi à nous retenir toutes les deux, Greta et moi, pendant notre altercation matinale. C'était peut-être parce qu'elle nous avait eues par surprise?

Hmm. Maintenant que je prenais le temps d'y réfléchir, toutes les pièces du puzzle ne s'emboîtaient pas.

Melony nous avait surprises dans la maison de sa tante. Dès qu'elle était partie, je m'étais précipitée chez moi, où j'avais découvert que Grosmatou m'attendait. Il avait invoqué un balai et nous nous étions rendus ensemble aux bureaux de la PTA. Il m'avait aussi dit que Melony ne pouvait pas se déplacer à l'aide de moyens magiques.

Dans ce cas, comment avait-elle eu le temps de trouver Parker, de le suivre jusqu'à la sortie de la ville, de discuter avec lui, puis de se battre avec lui pendant le laps de temps qui s'était écoulé avant qu'il nous rejoigne en salle de réunion?

D'accord, il était le dernier arrivé, mais quand même. Tout s'était déroulé en l'espace de dix minutes. Pour la première fois depuis que j'avais emménagé ici, je regrettais de ne pas avoir de voiture. Bien que ce soit une petite ville en termes de population, elle s'étalait sur un vaste terrain.

Je rentrai mon adresse dans une application de cartes géographiques et je constatai que je me trouvai en plein milieu des limites de la ville en forme de carré. Je tapotai sur l'une des limites et je l'ajoutai en destination. Mon application m'informa que le trajet le plus rapide pour m'y rendre en voiture me prendrait douze minutes.

Je n'avais pas l'horodatage précis de la matinée, mais la chronologie clochait.

Soit Parker était perturbé, soit il avait délibérément menti au conseil. Greta l'avait confirmé.

Mais il m'avait aussi dit avec fierté qu'il était un habitant de Beech Grove, qu'il était né et avait grandi dans cette ville. C'était même la première chose qu'il m'avait dite – enfin, après m'avoir accusée de meurtre, j'entends. Il n'aurait donc pas pu commettre d'erreur de calcul, vu comme la ville lui était familière, et je doutais qu'il ait pu proférer un mensonge facile à démentir.

Dans ce cas, pourquoi les autres n'avaient-ils pas remarqué cette incohérence ?

Ou alors, ils avaient fait exprès de ne rien voir ?

Quelque chose m'échappait, et à mon avis, je n'étais pas la seule.

Voilà ce qu'il se passait quand on prenait des décisions trop précipitées! Voilà aussi pourquoi il était important que je commence la journée par une longue douche méditative. À cause de Grosmatou, je n'avais même pas pu en prendre une courte et froide, ce matin.

Et je n'avais bu qu'une portion de café, aussi.

Et il n'était même pas huit heures du matin. *Bâillement.*

Je fourrageai dans la boîte à bijoux de feu madame Haberdash et j'attrapai une grande bague en émeraude pour la regarder de plus près.

— Lâche ça, m'ordonna quelqu'un d'une voix bourrue depuis l'entrée de la pièce.

Malgré la méchanceté nouvelle, je reconnus immédiatement mon interlocuteur.

Je me tournai vers Parker en resserrant ma prise sur la bague.

— Oblige-moi à le faire, le défiai-je, les dents serrées.

Je prenais un grand risque; j'espérais que mon instinct ne me trompait pas.

Il hésita un instant, et cela suffit à confirmer mes soupçons.

— Tu n'es pas Parker, annonçai-je en enfilant la bague, avant de poser les mains sur mes hanches en une attitude ouvertement hostile.

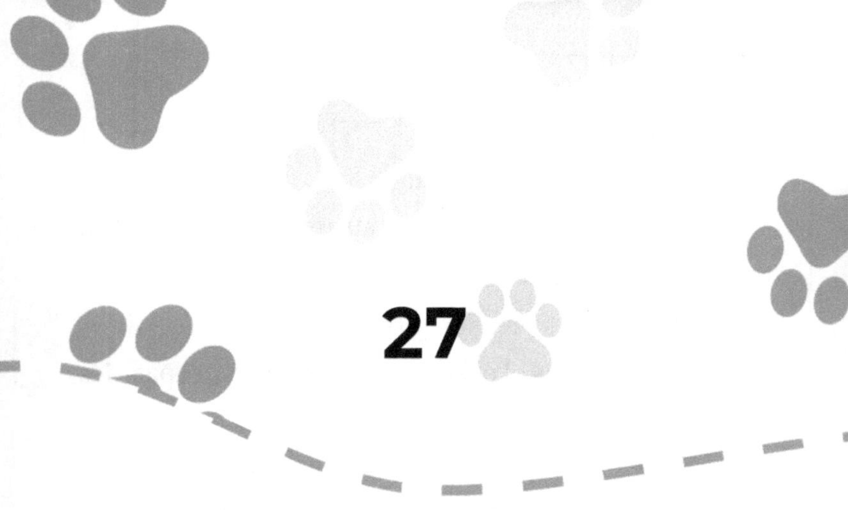

27

Parker déclencha une boule de feu et l'envoya droit sur moi. Oui, ce n'était clairement pas le type que j'avais rencontré la veille.

J'essayai d'esquiver, mais la vague de magie avait jailli si vite que je n'eus aucune chance. Les flammes s'écrasèrent sur moi. Je ne ressentis rien. Seulement de la chaleur, de la reconnaissance. Ma poitrine s'illumina lorsque l'armure d'ange que j'avais empruntée absorba tout l'impact.

— Ils savent, grogna Parker, qui sembla un instant trop stupéfait pour agir.

Son hésitation disparut très vite et il se jeta sur moi, me coinçant sous son corps plus large et plus musclé.

— Laisse-moi partir !

Je me débattis contre lui.

— Dis-moi où sont les autres, m'ordonna-t-il, toujours incapable cependant de me forcer à répondre.

Ce n'était pas Parker, il ne possédait pas les mêmes pouvoirs.

— Non, rétorquai-je en grognant. Je ne te dirai rien tant que tu ne m'auras pas expliqué qui tu es et ce que tu veux.

Si je réussissais à le faire parler jusqu'au retour de Greta, tout irait bien. Aucun doute, je jouais bien mon rôle d'appât. Il ne restait plus qu'à attendre que le pêcheur vienne me sauver avant que l'armure n'encaisse le coup de trop et que je me fasse gober par le poisson.

— Qui es-tu ? Pourquoi es-tu mêlée à ça ? me demanda le faux Parker au lieu de répondre à mes questions.

— Je m'appelle Tawny, répondis-je avec allégresse.

Le but était de poursuivre cette conversation, alors s'il voulait entendre parler de moi, j'étais plus que prête à lui révéler certaines infos.

— Je ne suis qu'une intérimaire.

— Ils t'ont pris ta magie et t'ont virée. Alors,

qu'est-ce que tu fais dans cette maison? Qu'est-ce que tu cherches?

Comme il était absolument hors de question de lui dire que j'étais là pour le distraire, je fis appel à mes talents d'écrivaine et concoctai une histoire, totalement inventée, pour me sauver la mise.

— J'habite dans la maison de location, au fond du jardin. Quand ils m'ont retiré ma magie et mise dehors, je me suis sentie flouée. Mais j'ai besoin d'argent, et c'est pour ça que j'avais accepté ce boulot pourri dès le départ. Je me suis dit que tout le monde étant occupé ailleurs, je pouvais me faufiler ici et trouver quelque chose à mettre au clou. Histoire d'être récompensée pour mes efforts.

— Mauvais choix, répliqua-t-il sur un ton sournois. Parce que tu sais, maintenant, je ne peux pas te laisser partir.

— Dans ce cas, laisse-moi t'aider, suggérai-je en arrêtant de me débattre.

Le meilleur moyen d'éviter d'être blessée était de lui faire croire que j'étais de son côté.

Cela ne servit à rien.

— Je n'ai pas besoin de l'aide d'une normale. Ce sera plus facile sans toi en travers de ma route.

Il envoya une nouvelle boule de flammes dans mon corps, mais je ne ressentis rien. Combien de temps l'armure angélique allait-elle tenir? Je n'avais vraiment, vraiment pas envie de le découvrir.

— Qu'est-ce qui te protège? s'étonna mon attaquant, prouvant une nouvelle fois qu'il ne s'agissait pas du Parker Barnes que je connaissais et que je commençais à apprécier.

— Je ne sais pas, mentis-je.

J'aurais bien haussé les épaules, mais j'étais incapable de bouger sous lui.

— Un résidu de magie, peut-être? Comme tu l'as dit, je suis juste une femme normale. Alors, laisse-moi partir, s'il te plaît.

Une nouvelle boule de feu inefficace s'écrasa sur moi.

— Sers-toi de moi comme appât, suggérai-je d'une voix aiguë.

La panique m'envahissait peu à peu. Greta reviendrait-elle à temps ou bien la prochaine attaque serait-elle la bonne pour transpercer l'armure?

— Quoi? s'exclama-t-il, la main levée pour lancer une nouvelle boule, mais interrompu dans son geste.

— Ne me tue pas. Sers-toi de moi comme monnaie d'échange pour obtenir ce que tu veux.

Si je pouvais être l'appât des gentils, je pouvais aussi être celui des méchants. Seule Greta connaissait toute l'histoire. Je devais croire qu'elle reviendrait vite et en attendant, il fallait que je réchappe à cette attaque. Enfin, si je ne pouvais pas faire confiance à un ange, alors à qui me fier?

Il médita mes paroles quelques instants, et quand il recommença à parler, il ne s'adressait pas à moi.

— Te voilà. Maintenant que tu es arrivée, aide-moi à l'attacher, dit-il en me plaquant plus fort contre le sol.

J'avais à présent la joue pressée contre le tapis à poils de la chambre de madame Haberdash.

Des pas s'approchèrent de la porte.

— Alors? Tu as pu en immobiliser un? demanda le faux Parker avec insistance.

— Non, malheureusement. Ils sont allés aux points de pouvoir, comme tu l'avais deviné, mais ils n'ont pas terminé le rituel, répondit une voix rauque de femme.

Même si je ne voyais pas grand-chose dans cette position fâcheuse, cela me suffit à distinguer les pieds engoncés dans les rangers noirs et la longue jupe à fleurs.

Melony était arrivée.

— Pourquoi? s'agaça l'homme qui me tenait.

— L'un des membres du conseil a soupçonné un truc et donné l'alerte. Je m'apprêtais à rejoindre le chat quand c'est arrivé.

— Qu'est-ce qu'ils ont dit ? Allez, finis !

Mon agresseur me plaqua contre le sol de toute sa puissance, mais l'armure angélique tint bon.

Melony s'approcha, sans venir trop près.

— Je n'ai pas entendu, mais ils sont partis tous les deux ensemble.

— Ils vont prévenir les autres. Ça veut dire qu'on n'a plus beaucoup de temps, dit l'homme. Nous devons terminer ça maintenant. C'est sans doute notre seule chance.

Je déglutis.

Quoi qu'il entende par là, ce n'était pas bon.

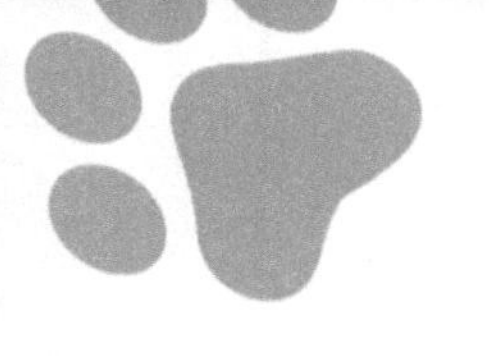

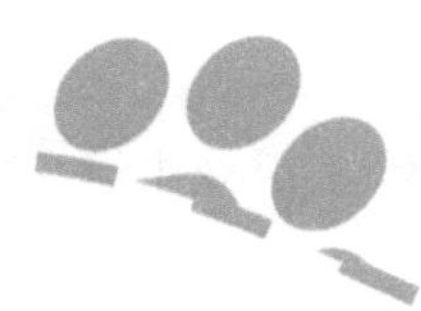

28

Pourquoi vous faites ça? m'écriai-je, mais mes paroles se perdirent dans le tapis. Qu'est-ce que vous voulez?

J'avais tenté de prononcer ma question du coin de la bouche.

— Tu crois qu'on voulait la stupide magie communale de ma tante? *Sérieux*, rétorqua Melony en attachant mes poignets dans mon dos. On a un plus gros poisson à pêcher.

Eh bien, au moins, elle continuait à filer la métaphore, même si elle n'était pas au courant de son existence.

— Melony, chut, la réprimanda le faux Parker qui s'occupait de mes chevilles.

Elle s'immobilisa un instant, puis s'appliqua avec une vigueur renouvelée.

— Désolée, papi.

Oh, non. Le lien de famille. Pile ce que Greta et les autres voulaient éviter.

La panique enserra ma poitrine encore plus fort que mes liens.

— Où est Parker ? Que lui avez-vous fait ? grommelai-je.

— Il est mort, m'informa son clone en riant. Et toi aussi, bientôt.

Oh non. Était-il réellement trop tard ?

S'ils avaient réussi à tuer Parker doté d'une double dose de magie, je n'avais aucune chance. Je n'étais qu'une personne normale sans magie contre deux personnes très magiques aux pouvoirs amplifiés par leurs liens de sang. Je ne pouvais même pas libérer mes mains ou mes pieds pour me battre ou fuir.

Les autres membres du conseil allaient-ils parvenir à vaincre le duo de méchants ou bien la ville de Beech Grove était-elle condamnée ? Ainsi que toute la région de Peach Plains, dans la foulée ?

Un fracas résonna au rez-de-chaussée. Les secours étaient arrivés ?

— Reste ici, dit le faux Parker, le grand-père de Melony. Je vais voir.

— Pourquoi tu fais ça? demandai-je à la jeune fille quand nous fûmes seules. Ta vie est vraiment si mauvaise?

— Je ne répondrai pas.

Elle croisa les bras, continuant à me surveiller.

— Tu as sincèrement envie de faire ça? On dirait que c'est ton grand-père qui donne les ordres. Qu'est-ce qui te pousse à croire qu'il va partager avec toi la magie qu'il va gagner?

Si je trouvais les bons mots, je pouvais sûrement faire basculer Melony de mon côté. Elle avait eu l'occasion d'éliminer Greta et moi tout à l'heure, mais elle avait choisi de nous laisser la vie sauve. Il devait y avoir du bon en elle, quelque part.

Elle me fusilla du regard.

— Chut. Tu ne sais rien. Papi m'a promis que si je l'aidais avec son plan, il veillerait à me rendre ma place légitime de sorcière communale.

— Si tu le dis, répliquai-je nonchalamment.

Elle enfonça son talon dans mon dos, mais l'armure s'éleva, m'empêchant de sentir la douleur. D'accord, donc elle était capable de faire souffrir les gens. Mais les tuer?

Tout le monde pensait qu'elle était venue en ville pour assassiner sa grand-tante, mais peut-être que nous nous trompions. Et si Melony en avait après autre chose ?

Alors que nous attendions la suite des événements, je repassais en boucle sa dernière déclaration. Son grand-père lui avait dit qu'elle deviendrait sorcière communale.

Au futur... Comme si ce n'était pas encore le cas...

Ce qui signifiait qu'elle ne possédait pas encore la magie communale. Son grand-père n'aurait pas tué Parker lui-même, s'il lui avait promis cette magie. Je ne savais toujours pas ce qui les motivait, mais c'était clairement plus important que la magie de Beech Grove.

Ils n'en avaient pas après Parker, et n'avaient sans doute jamais voulu s'en prendre à lui.

Il y avait de grandes chances qu'il soit toujours en vie.

Un plus gros poisson à pêcher, avait dit Melony avant que son grand-père ne l'oblige à se taire. Pouvais-je la pousser à m'en dire davantage ?

— Qu'est-ce que vous comptez faire de moi ? demandai-je en me tournant légèrement pour pouvoir parler avec plus de facilité.

Elle croisa mon regard et cilla.

Elle m'aurait peut-être répondu, mais je ne le saurai jamais.

Un cri étouffé retentit depuis le rez-de-chaussée, nous faisant taire toutes les deux.

Melony s'approcha de la porte en silence, tandis que je restais par terre, incapable de bouger sauf en me trémoussant.

La prochaine chose que j'entendis, ce fut le cri du faux Parker.

— Tu n'iras nulle part. Avance !

Melony se précipita pour aller aider, et je pus me décaler afin d'avoir un meilleur aperçu des événements.

Une minute plus tard, les deux acolytes revinrent dans la pièce en poussant devant eux une Greta couverte de sang et de marques de brûlure. Sans son armure angélique pour la protéger, elle avait été grièvement blessée par les attaques magiques de papi Haberdash. Elle était à peine consciente quand ils la poussèrent à terre et l'atta-chèrent à son tour.

Elle était venue me sauver, mais avait fini dans la ligne de mire.

Parker avait disparu, et nous étions deux captives. Ce qui laissait Grosmatou, Connie du département Commerce, le vieux monsieur, et le type un peu plus jeune dirigeant l'Agriculture.

Est-ce que ça suffisait pour empêcher Melony et

son grand-père de mettre la main sur ce qu'ils voulaient ?

Réfléchis, Tawny, réfléchis !

Si je ne pouvais pas déjouer leur plan, je pouvais y ajouter quelques failles.

J'ignorais comment fonctionnait le lien de famille, mais il existait sans doute un moyen de le sectionner.

Je pouvais peut-être sauver la situation.

Sans magie.

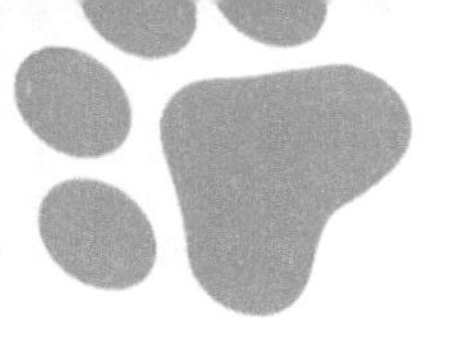

29

ù sont les autres?

Papi Haberdash balança son pied dans les côtes de Greta et lui cria dessus, mais son dernier coup l'avait rendue inconsciente, incapable de lui répondre. Je détestais le voir nous faire du mal en se servant de l'apparence de Parker. Quoiqu'il arrive ce jour-là, je ne parviendrais jamais à me sortir cette image de la tête.

— Ils arrivent. C'est tout ce que je sais.

Melony se mordilla la lèvre nerveusement en attendant la réaction de son grand-père.

Il étira ses doigts en se renfrognant, et il enchaîna sans la regarder :

— Ne bouge pas et assure-toi que ces deux-là ne

causent aucun problème. Tu ne dois en aucun cas quitter cette maison. Tu m'entends ?

Melony opina avec enthousiasme.

— Oui, papi.

Après ça, son grand-père sortit en trombe de la pièce et descendit l'escalier en vitesse. Je tendis l'oreille, mais n'entendis pas la porte d'entrée s'ouvrir ou se fermer. À mon avis, il était resté à l'intérieur de la maison, prêt à prendre le prochain arrivant en embuscade.

— Bon...

Je me tournai tant bien que mal sur le côté pour voir Melony tout en parlant. Peut-être que son visage me révélerait quelque chose que sa voix masquait. Je me battais pour ma vie, là. Je devais donc utiliser tous les moyens à ma disposition.

— Puisqu'on est toutes les deux coincées ici, tu veux me parler de votre super plan ? Je parie qu'il est très intelligent.

Elle croisa les bras et se détourna.

— Non.

Hmm. Si je ne pouvais pas faire appel à son orgueil, je pouvais m'en prendre à ses complexes. Je tentai de hausser les épaules – en vain, entravée comme je l'étais.

— Je comprends. Après tout, on est inutiles toutes

les deux, de toute façon. Autant laisser les gros bras se battre et tout nous raconter plus tard.

Elle se renfrogna.

— Tu es peut-être inutile, sale normale, mais pas moi.

— Hé, pourquoi tu me traites de «normale»? m'exclamai-je en essayant d'avoir l'air blessée.

L'orgueil et les complexes n'avaient pas fonctionné, alors pourquoi ne pas tenter l'humanité?

Elle leva les yeux au ciel.

— Parce que tu ne possèdes pas de magie, c'est tout.

— Ah bon? Je suis la sorcière communale, pourtant.

Elle me dévisagea un long moment, puis secoua la tête.

— Non, ça, c'est le gars qui a tué ma grand-tante.

— Il est peut-être le sorcier communal officiel, mais en tant qu'intérimaire pour la PTA, j'ai une réplique exacte de cette magie juste là.

Je me débattis contre mes liens, puis je soupirai.

Melony se concentra sur moi, peu sûre d'elle.

— Où ça?

— Eh bien, on m'a conseillé de garder le réceptacle de la magie au plus près de mon cœur pour qu'il fonctionne mieux.

Elle se rapprocha d'un pas.

— Où est-il ? Donne-le-moi.

— Je l'ai glissé dans mon soutien-gorge, répondis-je en grognant.

— C'est dégueu.

— Hé, tu le veux ou pas ? répliquai-je avec nonchalance, essayant de donner l'impression que je me fichais qu'elle accepte ou non mon aide.

Un plan venait de se former dans mon esprit, cependant, et si je parvenais à bien manipuler Melony, alors Greta et moi avions une petite chance de nous en sortir.

— Je parie que tu seras encore plus puissante que ton grand-père, avec cette dose de magie supplémentaire. Il ne t'obligerait plus à jouer les nounous.

— Donne-le-moi, répéta-t-elle.

Même si ses yeux ne s'illuminèrent pas du même feu que ceux de Greta, j'y reconnus malgré tout une étincelle d'avidité.

Je grognai et me débattis contre mes liens. Il fallait que je joue le jeu.

— Je ne peux pas, me plaignis-je, avant de rouler sur le dos.

Le mouvement aurait dû me meurtrir les poignets, mais l'armure angélique me protégeait par chance toujours de la douleur. Je bombai la poitrine autant que je le pouvais.

— Viens le chercher toi-même. Je ne peux pas l'attraper.

— Beurk, non.

Elle renifla de dégoût et fit un grand pas en arrière.

Nous restâmes silencieuses pendant les minutes suivantes.

Et immobiles aussi, jusqu'à ce que la porte d'entrée s'ouvre soudain dans un grand bruit, nous faisant sursauter toutes les deux.

— Dernière chance, marmonnai-je, en tentant de masquer que j'étais désespérée. Récupère ma magie et prends part à l'action. Sérieux, si tu es là, comment tu peux être sûre que ton grand-père te fera profiter de ce que tu veux, une fois qu'il l'aura obtenu ?

Melony se mordilla la lèvre, puis se précipita vers moi.

— Je vais te détacher juste un instant, et juste une main. Donne-moi le réceptacle de la magie, ne tente rien, et je m'assurerai que tu survives. De toute façon, tu ne nous sers à rien.

— Marché conclu.

Je lui adressai un sourire soulagé. Pas parce

qu'elle m'offrait la vie, mais parce qu'elle était totalement tombée dans mon piège.

Je me motivai mentalement tandis que Melony peinait à ne détacher qu'une main. À l'étage en dessous, j'entendis Grosmatou crier :

— Qui êtes-vous et qu'avez-vous fait de Parker ?

Un enchaînement de bruits sourds et secs s'ensuivit, tandis que Melony utilisait un nouveau bout de corde pour attacher mon poignet gauche aux liens enserrant mes chevilles, avant de s'atteler à la libération de ma main droite.

Je me montrai patiente avec elle, comme une bonne otage.

— Bien, donne-la-moi, dit-elle quand ce fut terminé.

Je fouillai dans mon soutien-gorge et trouvai la broche-leurre que Greta m'avait confiée. Ah. Qui aurait cru qu'elle me serait utile ?

Melony l'accepta avec avidité, l'essuya contre sa chemise avant de l'approcher de son visage pour l'examiner de plus près. Elle était trop distraite par la broche et ce qui se déroulait en bas pour me rattacher immédiatement, comme je l'avais prévu.

Tandis qu'elle scrutait le réceptacle magique, je plaçai ma main libre contre ma poitrine et la plaquai au niveau de mon cœur, invoquant la lumière à l'intérieur. Ça démarra par un rayon fin comme une épingle, mais il se transforma très vite en magnifique boule de la taille d'un fruit.

Le temps que Melony se rende compte de ce que je faisais, j'avais déjà lancé la main en direction de Greta, toujours inconsciente, pour que la lumière jaillisse de moi et se transmette à elle.

L'ange ouvrit tout à coup les yeux; ils étaient emplis d'une chaleur incandescente. Ébahie, je vis ses blessures se refermer et sa vitalité lui revenir.

Maintenant que je n'avais plus son armure, je poussai un cri, saisie d'une vague de douleur. Le poignet toujours accroché dans mon dos s'était tordu à un angle anormal quand je m'étais retournée sur le dos. Et lorsque Melony l'avait attaché à mes pieds, ça avait seulement empiré les choses.

Oui, il était cassé, aucun doute.

Greta poussa un cri et arracha les cordes qui la retenaient.

— Vas-y! l'encourageai-je dans un murmure rauque. Emmène Melony loin d'ici. Loin de la... maison.

Je ne vis pas la suite, parce que je m'évanouis à cause de la douleur.

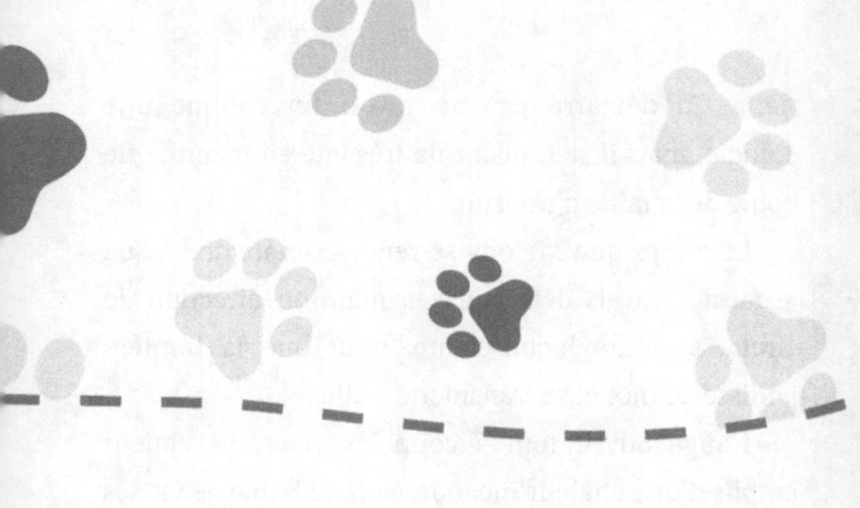

30

Ma tête était pleine de brouillard. J'entendais des voix qui parlaient autour de moi, mais je ne distinguais aucun mot.

Argh. Combien de temps étais-je restée inconsciente ? Quel jour étions-nous ?

J'avais fait un rêve des plus bizarres, rempli de chats qui parlaient, de grands-pères diaboliques et d'une espèce d'ange enflammé. Eh bien, ça ferait une sacré histoire à noter sur mon journal. Ma psy adorerait entendre l'histoire que mon cerveau avait concoctée cette nuit.

Je me frottai le coin des yeux pour en enlever les saletés, puis je les ouvris.

Un chat noir au poil lisse et soyeux possédant une

adorable tache blanche sur la poitrine me surplombait, me fixant de ses yeux dorés lumineux. Euh, c'était bizarre. Quand avais-je adopté un chat? Je ne vivais dans cette ville que depuis deux semaines, max. Je n'avais même pas déballé tous les cartons, et pourtant, j'étais allée adopter un animal?

Quelqu'un posa une main chaude sur mon front. Qui était là, avec moi? J'étais dans ma chambre, pas à l'hôpital. Et ces gens semblaient me connaître.

Sous l'effet de la peur, mon cœur s'emballa dans ma poitrine lorsque, me retournant, je découvris une femme aux cheveux très pâles, vêtue d'un simple tailleur-pantalon et arborant un grand sourire.

— Oh, Tawny. Je suis si contente que tu ailles bien.

Je fermai les yeux, pris une grande inspiration et les rouvris. Cette fois-ci, je repérai un homme incroyablement séduisant, avec une barbe poivre et sel et des bras joliment musclés, qui se tenait derrière la dame. Ses yeux gris clair semblaient curieux, mais aussi familiers, d'une certaine manière.

— Est-ce que je peux avoir un moment en privé avec elle? demanda-t-il aux autres, qui acceptèrent et s'en allèrent promptement.

Même le chat partit. Waouh, il était vraiment bien dressé!

Le bel inconnu se mit à genoux et prit ma main entre les siennes.

— Comment tu te sens?

Son inquiétude se lisait dans ses yeux pâles.

— Bien, répondis-je avec circonspection.

Il ne semblait pas vouloir me faire de mal, mais pourquoi était-il chez moi pendant que je dormais? C'était flippant.

— Je suis confuse.

Il regarda vers la porte. Elle était toujours fermée.

— Tu te souviens de quoi? m'interrogea-t-il sur un ton insistant en retournant ma main dans la sienne comme s'il n'en revenait pas qu'elle soit réelle.

Je tentai de toutes mes forces de me rappeler, mais rien ne me vint. À part ce rêve bizarre et cette longue nuit de sommeil agréable. Je savais qu'il serait déçu par ma réponse, mais je n'avais aucune idée de ce que je devais dire pour le rendre heureux. Je répondis simplement :

— À quel sujet?

Il se lécha les lèvres.

— Comment je m'appelle?

— Je ne sais pas. Steve?

Je souris pour atténuer le coup, au cas où je me trompais. Même s'il était un inconnu à mes yeux, il était clair que *lui* me connaissait.

Il baissa la tête et pouffa. Puis il la redressa, et je crus voir au coin de son œil une larme qui refusait de tomber.

— Tout oublier fait partie du protocole, commenta-t-il, accroissant ma confusion. Enfin, du protocole *d'ordinaire*.

Il haussa les épaules. Je fronçai les sourcils sans répondre. Que pouvais-je dire? *Hé, le timbré. Je ne sais pas du tout de quoi tu parles. Sors de ma chambre!*

Il poursuivit sans se démonter.

— Mais, Tawny, il n'y a rien d'ordinaire chez toi.

— Qui êtes-vous?

J'avais la bouche sèche. La tête dans le brouillard. Rien n'avait de sens.

Il forma un demi-cercle avec sa main, puis releva l'index sans me quitter des yeux.

— Qui je suis? Réfléchis, Tawny. Tu connais ça.

Tout à coup, le brouillard se dissipa, me dévoilant les images des dernières heures. Grosmatou partageant ses souvenirs avec moi en ronronnant sur mes genoux, Greta me propulsant dans les airs avec ses ailes puissantes, le vieil homme en costume dont la barbe lui arrivait à la ceinture, et surtout... l'homme à mes côtés.

Je ne pus retenir l'immense sourire qui étira mes lèvres.

— Tu es Parker.

— Et quel est ton dernier souvenir?

Une vision horrible apparut dans ma tête. Nous avions failli perdre. Une douleur insoutenable. J'étais tombée dans les pommes.

— Melony et son grand-père, répondis-je en tentant de ralentir le flot d'images pendant que je parlais. Ils étaient chez madame Haberdash. Ils ont dit qu'ils avaient un plus gros poisson à pêcher. Puis que tu étais mort. Greta m'a donné son armure de lumière, mais je la lui ai rendue. Elle a réussi à faire sortir Melony de la maison?

C'était la dernière chose que j'avais dite avant de perdre connaissance, parce que je soupçonnais la maison d'amplifier encore davantage le lien de famille. M'étais-je trompée?

Parker leva ma main et y déposa un long baiser.

— Oui, tu avais raison pour tout. Dès que Greta est passée par la fenêtre avec Melony, la connexion s'est rompue et les autres ont pu maîtriser son grand-père.

— Mais pourquoi?

Je savais que le grand-père de Melony lui avait expressément ordonné de ne pas quitter les lieux, mais je ne saisissais tout de même pas tous les tenants et les aboutissants.

— C'est simple, expliqua Parker avec un sourire en coin. Lila Haberdash a vécu toute sa vie dans cette maison. Ses parents y ont habité avant elle, et leurs parents encore avant. Au fil du temps, la bâtisse a absorbé des générations entières de magie familiale, si bien qu'elle fait partie d'eux, à présent.

— Et ça a amplifié leur lien, conclus-je.

Il hocha la tête et me regarda comme s'il souhaitait ajouter autre chose, mais j'avais encore trop de questions.

— Qu'est-ce qu'ils cherchaient? Pourquoi avaient-ils besoin de ce pouvoir supplémentaire si madame Haberdash était déjà morte?

— Ils n'en ont jamais eu après elle. Du moins, pas le grand-père.

Il prit une grande inspiration et me serra la main avant de souffler.

— Ils voulaient le conseil.

— Qui? Grosmatou?

— Oui. Et Connie. Et Greta. Et Buckley. Et...

— Vous tous.

Je soupirai, digérant cette nouvelle donnée. Si Melony et son grand-père avaient atteint leur but, ils seraient parvenus à détruire entièrement l'équilibre magique. Ils auraient pu faire toutes les horribles choses qu'ils voulaient, avec autant de pouvoir.

Parker hocha la tête, confirmant mes soupçons.

— Nous sommes les plus forts de la région. S'ils avaient réussi à récupérer tous nos pouvoirs, ils auraient été inarrêtables. Puisque Lila était morte, ils pensaient pouvoir se servir de la maison pour y parvenir.

— Mais ils ont échoué.

— Oui. Et heureusement.

Il avait l'air lessivé. S'était-il inquiété pour moi? Combien de temps étais-je restée évanouie? Et lui, avait-il été grièvement blessé?

— Tu étais où? lui demandai-je gentiment.

Il ne prit pas ombrage de ma question.

— Immobilisé, répondit-il simplement.

— Oh.

Je décidai de ne pas insister, et je revins plutôt au sujet précédent.

— Donc leur plan reposait sur la venue de tout le monde dans cette maison?

— Puisque c'était une source de pouvoir majeure pour eux, oui. Mais ils espéraient aussi qu'on viendrait un par un pour être plus faciles à éliminer. C'est pour ça que le grand-père de Melony a pris mon apparence, histoire d'influencer nos actions. Il a fait quelques allusions pour éveiller nos soupçons, puis nous a envoyés vers les points de pouvoir pour nous diviser.

Tout était logique, mais le puzzle n'était toujours pas complet.

— Sauf qu'ils ne m'ont pas tuée, et Greta non plus, quand ils en ont eu l'occasion. Pourquoi ?

C'était ce que je voulais savoir plus que tout.

Parker haussa les épaules et pinça les lèvres.

— Je pense que Melony ne connaissait pas l'ampleur du plan de son grand-père. Je pense que nous non plus, d'ailleurs.

— Il est où, maintenant ?

— Grosmatou l'a abandonné dans la région la plus éloignée d'ici. En Nouvelle-Zélande, je crois.

— Mais il va revenir.

C'était une affirmation, pas une question.

— Oui. Mais cette fois-ci, on l'attendra.

— Et maintenant, qu'est-ce qui va se passer ?

— Le conseil va trouver un nouvel agent de liaison avec les Forces de police, et je vais essayer d'occuper le grand vide que Lila a laissé, en devenant sorcier communal. Et toi, tu vas reprendre ta vie d'humaine normale. Et ça te dirait que ton nouveau propriétaire et ami te rende visite de temps en temps ?

— Ça me plairait beaucoup, répondis-je, avec le sentiment d'être une héroïne de vieux film.

Cela aurait été le moment idéal pour que Parker me fasse basculer en arrière, ou plutôt se penche sur mon lit, et me donne un premier baiser tendre et parfait.

Au lieu de cela, il se pencha bel et bien, mais pour me serrer fort dans ses bras et me parler à l'oreille.

— Ce sera notre petit secret, d'accord ?

— Je ne dirai pas un mot. Enfin, à une condition, ajoutai-je en chuchotant.

— Tout ce que tu veux, me promit-il, souriant toujours.

— Tu pourrais réparer mon chauffe-eau avant de partir ? J'ai vraiment besoin d'une bonne douche.

Inutile de vous arrêter ici. Le livre suivant de cette série est désormais disponible et gratuit avec votre abonnement Kindle Unlimited. Commandez votre exemplaire dès aujourd'hui !

ET ENSUITE ?

Quand ma dernière mission a failli me faire tuer, j'ai cru que j'en avais terminé avec la Paranormal Temp Agency. Il s'avère que les ennuis ne faisaient que commencer...

Il manque un membre au conseil des agents de liaison paranormaux, ce qui rend Beech Grove vulnérable aux influences magiques extérieures. Pire encore, les chats errants qui travaillent en tant qu'agents sur le terrain disparaissent... et ne réapparaissent pas dans des refuges.

Maintenant mon patron, un chat noir nommé monsieur Grosmatou, m'a ordonné d'enquêter déguisée en fausse médium afin de découvrir ce qui arrive aux agents félins.

La semaine dernière, je ne savais même pas que la magie existait, cette semaine, c'est à moi d'aider à la sauver.

Oui, une journée banale pour la médium à mi-temps que je suis.

Médium à louer est maintenant disponible. Commandez votre exemplaire dès aujourd'hui !

Je m'appelle Tawny Bigford, j'ai trente-cinq ans, je suis écrivaine à mi-temps et je viens d'apprendre que la magie existe.

Tout a commencé, voyez-vous, le jour où j'ai découvert le cadavre de ma toute nouvelle propriétaire. J'ai été virée de la scène par un policier très séduisant qui n'était pas vraiment là pour enquêter sur son meurtre. Il m'a livrée à la PTA – pas l'association de parents d'élèves, non –, la *Paranormal Temp Agency*.

Il s'agit d'une agence spéciale qui protège les intérêts des êtres doués de magie dans notre charmante région de Peach Plains, en Géorgie, et de l'un des nombreux conseils de ce type mis en place dans le monde entier.

Une fois qu'ils ont conclu que je n'étais pas responsable de la mort de ma propriétaire, ils m'ont ordonné de la remplacer temporairement. Pas en tant que propriétaire, non, mais en tant que sorcière communale de Beech Grove. Oh la vache!

À partir de là s'enchaînèrent un chat qui parle, des balais volants et des rebondissements après d'autres rebondissements. Dès que quelqu'un prenait le temps de répondre à l'une de mes questions, une dizaine d'autres au moins jaillissaient dans mon esprit.

Le temps que nous parvenions à attraper le véritable tueur qui courait toujours, j'avais la migraine à force de tout assimiler. Voilà ma vie, à présent…

Le conseil est constitué de cinq agents de liaison paranormaux, en plus du sorcier communal et du Diplomate, qui chapeaute tout ça. Le Diplomate du coin est un petit chat noir qui adore tout autant respecter les règles que donner des ordres et qui s'appelle monsieur Grosmatou.

Nous avons la douce Greta aux allures de grand-mère qui est l'agent auprès des Écoles. Et je viens d'apprendre que c'est un ange. Hmm, waouh!

Parker Barnes est justement le policier qui m'a livrée à ce cercle de timbrés magiques. C'est aussi grâce à lui que je me souviens de tout ce qu'il s'est passé alors que les autres ont tenté d'effacer mes souvenirs. Mis à part ça, son rôle est un peu plus compliqué. J'essaie toujours de le comprendre.

Enfin, il nous reste Connie, en charge du Commerce, Buckley à la tête de l'Agriculture, et un vieux type vêtu d'un costume qui sert de liaison avec les Cimetières. Oui, je ne connais toujours pas son nom...

J'étais récemment la sorcière communale par intérim, mais maintenant qu'ils ont trouvé quelqu'un pour occuper ce poste, je devrais être tranquille. Ce n'est pas pour rien que le conseil utilise des intérimaires. Ils sont plus faciles à contrôler, et moins il y a de gens au courant de ce qu'ils font, mieux c'est. Ils préfèrent disséminer la vérité entre plusieurs personnes que d'en laisser une seule creuser trop profondément et risquer de les exposer. C'est sans doute pour ça que je les trouve si perturbants.

J'ai beau être un peu triste d'avoir perdu la magie qu'ils m'ont offerte – je ne l'ai même pas gardée vingt-quatre heures, vous imaginez ? –, je suis plus que prête à retrouver ma vie normale.

Le chat autoritaire, cela dit, semble avoir d'autres projets...

Oh oh.

L'aventure magique loufoque qui a bouleversé

mon monde et tout ce que je pensais savoir remonte à trois jours. Trois jours depuis qu'une nouvelle douche froide m'a conduite à ce meurtre mystérieux menant à une conspiration magique qui a failli me coûter la vie.

Trois jours.

Toute cette aventure n'a même pas duré aussi longtemps. Je crois qu'il s'est écoulé moins de vingt-quatre heures entre ma découverte du corps de madame Haberdash et le moment où le conseil de la PTA a attrapé les méchants et mis un terme à leurs projets ignobles.

En réalité, je sais précisément le temps que ça a duré.

Comment une si brève période peut-elle littéralement tout changer ?

Pour commencer, j'ai un nouveau propriétaire. Et si madame Haberdash, l'ancienne, m'évitait consciencieusement, Parker Barnes trouve au moins une demi-douzaine d'excuses par jour pour passer me voir.

Oui, ce Parker-là.

C'est un peu difficile de repousser la magie de mon esprit quand le type qui m'a introduite dans ce monde traîne sans cesse sur le pas de ma porte.

Et mon méga crush pour lui n'aide pas. Depuis

que mon ex-mari s'est trouvé une nouvelle femme –
alors que nous étions encore mariés, devrais-je
dire –, j'ai renoncé à l'amour pour jouir d'une vie en
totale liberté.

Donc même si les magnifiques yeux gris de Parker
accélèrent les battements de mon cœur, ils me
retournent l'estomac en même temps. Voilà pourquoi
j'ai imposé trois règles.

Trois jours. Trois règles.

À savoir : pas de magie, pas de mecs, pas d'aven-
tures loufoques.

C'est tout. Elles auraient dû être faciles à respecter, d'autant que les autres membres du conseil
pensent que je n'ai aucun souvenir des événements.

Mais alors...

Boum !

Je bondis du lit et courus dans le couloir le plus
vite possible. Je me rendis compte trop tard que j'aurais sans doute dû trouver une arme quelconque à
emporter avec moi.

Il était à peine six heures du matin. Qui
pouvait... ?

Un rayon de lumière inondait le salon, alors que
je n'avais pas allumé.

— Bonjour, Tawny, me salua monsieur Grosmatou, assis juste à côté du vase brisé qui contenait autrefois un bouquet de fausses fleurs.

Je n'avais pas assez d'argent pour m'en acheter sans cesse des fraîches, et je détestais en plus voir des êtres vivants faner et mourir, donc j'avais toujours eu des fausses.

J'observai tour à tour le bazar et le chat sans nul doute à son origine, puis je levai les bras au ciel et repartis dans le couloir en direction de ma chambre.

— Tawny, attendez ! s'écria-t-il. Je sais que vous vous souvenez !

Je me répétai tout bas mes trois règles. L'apparition de Grosmatou en brisait au moins deux, et ça ne me convenait pas.

— Dégagez, marmonnai-je en continuant à me traîner jusqu'à mon lit.

— Je ne partirai pas, insista-t-il en m'emboîtant le pas. Pas tant que vous ne m'aurez pas écouté.

— Je ne vous ferai pas à manger.

La dernière fois qu'il s'était pointé chez moi avant le lever du soleil, il avait exigé que je lui prépare le petit déjeuner. Il n'était pas illogique de penser qu'il voudrait la même chose.

— J'ai déjà mangé. Et il est clair que vous n'avez rien oublié alors que je me souviens très clairement d'avoir effacé votre mémoire.

Sa déclaration me figea sur place. Je frémis.

— Qu'est-ce que vous voulez, dans ce cas?

— L'agence a une nouvelle mission pour vous, annonça-t-il.

Mes genoux cédèrent sous mon poids.

Médium à louer est maintenant disponible. Commandez votre exemplaire dès aujourd'hui !

À PROPOS DE MOLLY FITZ

Même si Molly Fitz, l'autrice de bestsellers sur la liste de *USA Today*, ne sait techniquement pas communiquer avec les animaux, ses trois assistants d'écriture félins et elle ont des conversations très animées en vaquant à leurs occupations.

Elle vit avec son enfant et leur propre zoo quelque part dans la nature sauvage de l'Alaska. Molly s'aventure parfois hors de chez elle pour de bons repas, du café délicieux, ou pour rencontrer de nouveaux animaux.

Apprenez-en plus sur Molly et ses livres en français, et n'oubliez pas de vous inscrire à sa newsletter sur **minoumystérieux.com.**

LES ENQUÊTES DE LA CHUCHOTEUSE

Angie Russo vient de s'associer avec le tout premier chat détective parlant de Blueberry Bay. Avec sa bande hétéroclite d'humains et d'animaux, Octo-Chat est bien décidé à sauver la situation... tant que ça n'interfère pas avec son planning. Commencez par le tome 1, **Minou Mystérieux**.

MYSTÈRES MAGIQUES DE MERLIN

Gracie Springs n'est pas une sorcière... mais son chat est un sorcier. Elle doit maintenant aider à garder son secret ou risquer de passer le reste de sa vie dans une prison magique. Dommage que les problèmes semblent les suivre partout où ils vont ! Commencez par le tome 1, **Merlin affronte un familier**.

L'AGENCE D'INTÉRIM PARANORMALE

La vie simple de Tawny Bigford prend un tour magique quand elle tombe sur le meurtre de sa propriétaire et qu'elle est recrutée par un chat noir parlant nommé Fluffikins pour prendre le rôle de la défunte en tant que Sorcière Officielle de la ville de Beech Grove, Géorgie. Commencez par le tome 1, **Sorcière à louer**.

COMMUNIQUEZ AVEC MOLLY

Si vous cherchez à rejoindre une communauté de doux dingues qui aiment les animaux autant qu'ils aiment les livres, alors nous allons vraiment nous entendre !

Suivez **ma page Facebook** exclusivement réservée à mon lectorat français : Facebook.com/lapilealire

Abonnez-vous à **ma newsletter** pour recevoir des cadeaux numériques, les dernières nouvelles et même des cadeaux occasionnels réservés uniquement à mes fans français : minoumystérieux.com/abonnez